同期のサクラ

私たちの10年の物語

JN198784

れたこと

ura

ダム
歩道橋
集合住宅
商業ビル

新潟
美咲

新潟の人が作った
美咲島のお米

青空の畑

ブラジル
モカ
ブレンド
キリマンジャロ

それに
だよな
≪11枚

関係者

関係者
関係者

花村建設株式会
Hanamura Construction Co.,Ltd

サクラが好きだ

だって、
お前には

自分にしか
出来ないことがある

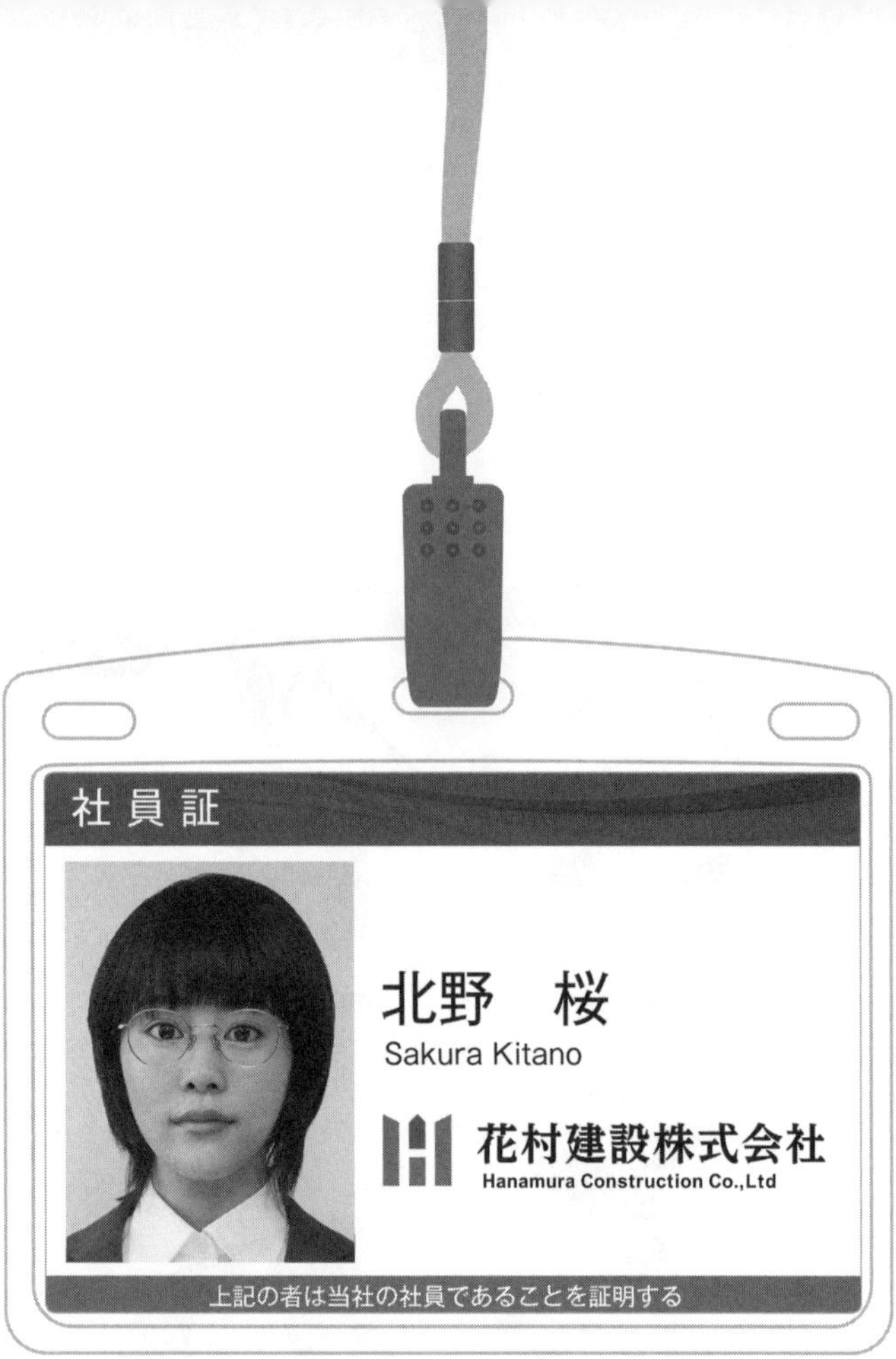
社員証
北野　桜
Sakura Kitano
花村建設株式会社
Hanamura Construction Co.,Ltd
上記の者は当社の社員であることを証明する

PROFILE

北野桜《サクラ》

上越地方の離島、美咲島で生まれ育つ。幼い頃に両親を亡くし、祖父と二人暮らしだった。母親が生きていた頃、好き勝手なことをやろうとしたら、いつも「していいよ、してごらん」と言ってくれたし、祖父もサクラをのびのびと育ててきた。島の人々350人とは、家族同然のつきあいをしてきたこともあり、他人との距離感が近い。愛に溢れ、確固たる己を持ち、決して忖度しない、妥協しない性格。疑問に思ったら、納得するまで問いただし、揺るぎない信念がベースにあるので、ルールに反する人には相手が誰だろうと注意を厭わない。ビックリするとシャックリが止まらないし、キレると心のシャッターが閉じてしまう。生まれてこのかた、嘘をついたことが一度もない。「私には夢があります」が口癖。人を幸せにする建物を建設するという夢を叶えるため、高等専門学校を卒業し、花村建設に入社した。上京後も、毎日のようにじいちゃんにFAXを送る。じいちゃんからのFAXや記念に撮影した同期との写真は大切に掲示している。心が弱るとじいちゃんのコロッケが食べたくなる。

PROFILE

月村百合

東京生まれ。白く美しい肌の赤ちゃんで、「百合」という名に。土建業を営む裕福な両親に、幼い頃から甘やかされ育つ。小学校では絵も上手く、運動もでき、成績も良かったが、何をやっても楽しいと思えず、常に違和感をおぼえていた。中学校は私立の名門に入学し大学までエスカレーター式に進学。サラブレッドたちのなかで、成金趣味の父親とホステスあがりの母親を「下品」だと思い、生まれながらのセレブな友人たちに嫉妬していた。大学では、インカレのオールラウンドサークルでテニスやスキーなどを楽しむ。親を疎んでいるので、あえて予定を入れて休日に家にいたくなかった。サークルのOBだった先輩とサークルのパーティーで知り合い、つきあう。決め手は、一番品がある、生粋の育ちの良さ。しかも、医者の息子で、愛されているので、長くつきあっている。就活は、一流企業ならどこでもいいと思い、ファッションやデザイン系の大手を受けるが、全部落ちる。唯一受かった一流企業が花村建設だった。当初は土建業の仕事に近いゼネコンに嫌悪感を抱いていたが、父親を軽視していたので、「ゼネコンは発注側だから、そちら側の仕事に就く」と自分に言い聞かせ決める。ずっと自分の「居場所」を探している。

PROFILE

木島葵

建設省の官僚の父と専業主婦の母の次男として生まれる。2歳上の兄がいる。住まいは等々力。小学校では、美形で、運動も得意。ピアノも弾けるのでそれなりにモテて、勉強もできたので、近所から「神童」と言われる。母は兄よりも、「家族の太陽」と言って葵を溺愛し、自信家に育つ。やがて父の浮気が年々問題になり、夫婦喧嘩が絶えなくなる。中学は名門進学校に進学するも、天才ばかりに囲まれ、自分は普通なのかもと思うようになる。母は、父の浮気に耐えられず家を出る。母が出ていくときに一緒に来ないかと言われるが、経済的な不安を見越して、父と暮らすことを選ぶ。兄とも父とも仲が良いわけではなかったので、唯一の味方を失う。やがて兄に、父の期待が移っていき、家の中でも孤立。このままだと東大に受からないと察して、受かる自信がないのをごまかすため、こっそり海外の大学の出願を決める。父親ともめたが、「チャンスが多いほうがいいじゃん」とはぐらかす。ダメ元で受けていた大学に受かり、父と兄には冷たい目で見られたが渡米。留学中は、一度も帰国しなかった。兄は国交省の官僚として就職したが、自分は官僚になる気はさらさらなく、親のコネとは知らずに花村建設に入社。虚勢を張る性格が、海外生活でさらに助長され、本気で社長になれると思っている。

PROFILE

清水菊夫

サラリーマン家庭に生まれ、3人兄弟の長男として、育った。熊本出身。亭主関白の父親で酒や暴力は当たり前の家庭で、母の苦労を垣間見ていた。小学時代は典型的な野球少年。クラスの中心的存在で明るい性格。小学校6年生の時に、父を亡くすも、死後に多額の借金を知る。家庭を少しでも明るくしようと振る舞い、それが自分の役割だと思う。中学ではクラスの学級委員を務める。みんなが嫌がっていたので、買って出たが、「目立ちたがり」と周囲からイジられる。どうしたら周囲に不快と思われないか考え、「人を応援する」スタイルを思いつく。初恋の相手には真面目に取り合ってもらえず、ただのいい人で終わってしまいトラウマに。地元の高校では先生のウケもいいので、東京の大学の推薦をもらえた。いろんなことに影響を受けやすく、流されやすいタイプ。「やりたいことは?」と聞かれるのが苦手。応援部のパフォーマンスを入学式で見て心惹かれる。新歓では高身長を褒められて、熱烈に勧誘され、必要とされたと感じて応援部に入部し部活漬けに。部活ファーストで、先輩の言うことは絶対。お盆と年末年始は実家に帰り、母や兄弟を大切にしている。応援部の先輩もいるからと、そのまま面接を受けて花村建設へ。大学から下落合で1人暮らしを始め、私大進学で奨学金を受けたことや、親への仕送りもあって、学生時代からの安アパートに住み続ける。

PROFILE

土井蓮太郎

東京出身。脱サラをしてラーメン店を営む両親と、3歳年下の弟がいる。小柄な蓮太郎は、小学校時代、イジメほどではないが、からかわれることで人と関わるのが少し苦手だった。物作りに目覚めた中学時代、ゲームにも没頭する。その頃、一流企業で働く父親が、退職し、長年の夢だったラーメン店を開く。母と弟は、父の夢が叶ったと喜ぶが、なんで高収入を捨てるのか理解できず、家族から孤立し始める。しかし、ラーメン店は地味に繁盛。高校時代は、学校の友達より、ネット上のつながりやオンラインゲームでの交流が楽しくなり、どんどんネガティブに。やがて機械に傾倒していく。チャットや掲示板サイトで博識だと思われたくてどん欲に最新機器をむさぼるようになる。頭は良いのだが本番に弱く、大学受験に失敗し2浪。本命の国立大は不合格で、押さえの工業大の工学部建築学科に進学。不安定な仕事より手に職をつけたいと思い、1級建築士の資格を取ることを決意。しかし、国立に進学できなかった負い目から、キラキラなキャンパスライフを送らず、匿名掲示板やオンラインゲームに没頭。CADの授業はゲームみたいで好きだと実感し、花村建設に入社するも、私立の大学で学費がかかったので、実家暮らし。弟は、国立の大学で、実家の手伝いもするため、少しコンプレックスを抱く。年齢がそのまま、彼女いない歴。大学を卒業できたので、会社に勤めて1級建築士の資格取得を目指す。

プロローグ――二〇一九年　百合

二〇一九年四月――。

あたしは桜吹雪の舞う中を歩いていた。

抱っこひもの中には、夢《ゆめ》がいる。小さな、小さな、生まれて間もないあたしの娘。早くサクラに会わせたい。そんなことを思いながら歩いていると、若い子たちのグループが歩道をふさぐようにしてワイワイ騒いでいた。歩行者たちは顔をしかめながら、左右に避《よ》けている。

あたしは彼らに近づいて言った。

「すいません、通行の邪魔なんで、人のいない所でやってもらえますか?」

彼らは「は?」と、不愉快そうな視線を向け、舌打ちしながらも去っていった。サクラは一緒に歩いていると、いつもこんなふうだったね。あたしはふっと笑った。相手が強面《こわもて》の人でも、会社の社長でも、おかまいなしに意見をするサクラを見るとひやひやしたものだけど、いつのまにかあたしもそうなっていた。

そのとき、スマホが鳴った。

サクラが部屋で倒れていた?　意識不明で入院?　あたしは急いで病院に駆けつけた。

倒れているサクラを発見したのは、隣の家に住む主婦だった。サクラは同期五人で撮った写真を握って倒れていた。誰かに連絡をしなければとサクラの携帯を見たら、あたしたち四人の連絡先しか登録されていなかったという。

病院に駆けつけると、サクラはやせ細った体に人工呼吸器をつけ、頭に包帯を巻き、疲れきって眠っていた。小柄なサクラがさらに小さく見えた。

夜になって、仕事帰りの葵《あおい》と蓮太郎《れんたろう》がやってきた。ボランティア先の仙台から新幹線で戻ってきた菊夫《きくお》も一緒だった。

「重い脳挫傷だから、意識が戻るのは難しいみたい……」

医師から聞いた言葉を伝えると、三人は言葉を失った。


サクラ、あなたとは親友なのに、恋愛の話はしなかったね。

あたしはね、サクラ。葵が好きだった。いつ頃からだっただろう。社長になるとか、大きなことばっかり言う葵をバカだなあと思いながらも、気になって仕方がなかった。葵がお父さんとお兄さんに反抗したのはサクラの影響だったよね。あのとき、会社のロビーで葵とサクラに二人で写真を撮るよう勧めたのはあたしだったし、シャッターを押したのもあたしだった。でも、二人が並んだときに葵がサクラを見る目がとてもやさしいことに気づいて、胸がぎゅうっと絞られたように痛くなった。それからあたしの片思いは始まった。悪いけど、片思いなんてするの初めてだから。

でも、自分の好きな人が好きなのがサクラだったら……太刀打ちできないよね。あたしも大好きなサクラだし。


サクラが自分のことは放っておいてほしいと背を向けた後、あたしと葵は一緒に帰った。

「大丈夫か？　おまえが一番頑張ってたからさ、サクラのために」

「そっちこそ大丈夫？　サクラにフラれて」

「笑っちゃうよな、バットを一回も振らないうちにゲームセットって感じだったし」

「あたしは、なんだか自分のいる世界が変わったみたいな気がする……。世界で一番信頼できて、ずっとそばにいると思ってたサクラが、世界で一番遠くに行っちゃった……。あたしに初めてできた親友なのに」

泣くのを必死でこらえているあたしを、葵はためらいがちに抱きしめた。葵の腕の中はあったかかった。あたしと葵は慰め合うように、一晩を過ごした。そして、あたしの中に新しい命が宿った。悩んだ末に、葵にも、同期にも内緒で生むことにした。

そして、女の子が生まれたの。

「俺、考えたんだけどさ……、夢ってのはどうかな？　名前」

産院に夢に会いに来てくれた葵は言った。

「珍しく気が合った。あたしも同じこと考えてたからさ」

そして、娘の名前は夢、と決まった。

「結婚しよう、百合《ゆり》」

葵はあたしと夢を幸せにしてくれると言ってくれた。でもあたしは「やめとく」と言った。葵に相談もせずに一人で決断して生むことにしたのだし、それに葵は……。

「今でもサクラが忘れられないでしょ？」

その問いかけに、葵は黙りこんだ。

だから、結婚しなかった。サクラのことが好きだっていう気持ちは、ちゃんとわかっていたから。

サクラ。あなたは、あたし達同期にとって、進むべき道を教えてくれる北極星みたいだった。

今、サクラが闇の中を彷徨《さまよ》っているなら、救い出してあげたい。

あたしたちは、あなたがいない世界なんかに、生きていたくない。

あたしも、みんなも、サクラは絶対に夢をかなえる人だって信じてる。

だからお願い、目を覚まして、サクラ——。

目次

花村建設　会社組織図

- 株主総会
  - 監査役
  - 監査役会
- 取締役会
- 社　長
  - 本社
    - 地方支店
      - 海外支店
    - 秘書室
    - 広報部　百合
    - 経営企画部
    - 監査部
    - 総務部
    - 法務部
    - 財務部
    - 業務管理部
    - 人事部　サクラ
    - 経理部
    - 経営企画部
    - 防災情報センター
    - 土木本部
      - 土木部
      - 土木管理部
    - 建築部
      - 建築部
      - 建築管理部
      - 土木管理部
    - 建設営業部　菊夫
    - 都市開発部　葵
    - 安全管理部
    - 環境本部
    - 設計部
      - 土木設計課
      - 建築設計課　蓮太郎

※サクラと同期の入社時の配属先

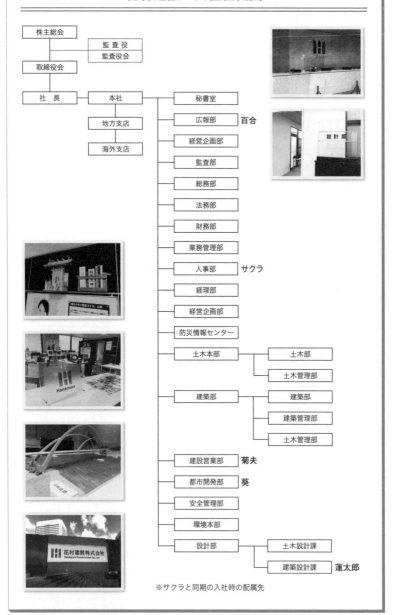

同期の菊夫

早いもので入社二年目。体育会系の俺は、相変わらずパソコンが苦手だ。この日もレジュメ作りに苦戦していると、いきなり背後から声をかけられた。

「一斉メール読んでくれましたか？」

「ビックリしたぁ。サクラちゃん。久しぶりっす」

振り返ると同期のサクラちゃんが立っていた。彼女とは入社した日に知り合った。五人一組で班になって『日本の未来に残したいと思う』建造物の模型を作ることになったとき、同じ班だった。そのときのメンバーは、北野桜《きたのさくら》、月村百合《つきむら》、木島葵《きじま》、土井《どい》蓮太郎、そして、俺の五人だ。

みんなそれぞれ希望の部署がある中、俺は自分のことを必要としてくれるところならどこの部署に配属されてもよかった。そんな俺をサクラちゃんは「菊夫くんみたいな縁の下の力持ちがいるから私たちが仕事に集中できる」と言ってくれた。サクラちゃんには本音と建前がないし、絶対にお世辞なんか言わない。だから、心からその言葉を言ってくれたってことだ。

サクラちゃんは美咲島《みさき》という新潟県の離島出身だ。島民の長年の夢だった橋梁《きょうりょう》工事を受け持つことになったうちの会社にどうしても入りたくて、入社を決めたらしい。橋を作る土木部を希望していたけれど、人事部に配属された。真面目でまっすぐな彼女の性格だから、腐らずに一生懸命働いている。

「忙しそうですね、菊夫くん」

「いや〜、けっこう頼りにされてるから、俺。初めて担当任された図書館の建設で、現場と設計の橋渡しとか、近隣住民への説明とか、やることいっぱいあって」

図書館の設計図や資料を自慢げに見せていたそのとき――。

「おい、菊夫！」

桑原《くわはら》部長の声が営業部内に響き渡った。

「あ、部長。こいつ、俺の同期の……」

「おまえ、今朝の生意気な女じゃないか？　何やってんだよ、ここで？」

桑原部長がサクラを見て、露骨に顔をしかめた。部長によるとサクラちゃんは、エレベーターの中で、大声で電話をかけていた桑原部長に注意をしたらしい。入社式で社長に「話が長い」って意見できちゃうぐらいだから、それもうなずける。たしかに桑原部長はところかまわず大きな声で話している。俺も「声でかすぎますよ」って注意したくなることもある。だけど桑原部長は俺の大学時代の応援部の先輩だった。そして今は直属の上司。体育会系の俺にとって、先輩は絶対的な存在だ。注意などできるわけがない。

「無駄な残業をやめるよう、お願いしに来ました」

サクラちゃんはひるまずに一歩前に出ると、いつものハキハキした口調で言った。

「は？　なんだ、そりゃ？」

桑原部長はサクラちゃんをギロリと睨《にら》みつけた。そのデカい体と声で相手を威圧するのが、彼のやり方だ。桑原部長の半分ぐらいの大きさにしか見えないサクラちゃんだけど、彼の圧力にまったく屈することなく、向かい合っている。そこに、サクラちゃんの上司、火野《ひの》さんが飛んできた。

「人事部の火野です。申し訳ないんですが、これからは一カ月の残業が四十五時間を超えないように、部長が管理していただけ……」

　火野と名乗るその女性が、桑原部長に自分が持ってきた管理者向けの資料を渡そうとする。

「急にそんなこと言われても無理に決まってるだろうが！　営業は、二十四時間外を飛び回るのが仕事なんだから。ったく、人事はいいよなぁ、こんなのが仕事で。もういいから帰れ。こっちは忙しいんだ、おまえらと違って」

　桑原部長が猫でも追いはらうような仕草《しぐさ》をすると、サクラちゃんが「スウ～～～～～」っと息を吸った。これは、彼女が何かを言いたいときの前ぶれだ。

「は？　何か文句あるのか、おまえ？」

　桑原部長は険しい顔でサクラちゃんを睨みつけた。

「あ～、とんでもないです！　じゃ、くれぐれもお願いします」

　火野さんがさっと出てきてサクラちゃんの口を押さえると、引きずるようにして営業部を出て行った。一触即発の緊張した空気がゆるみ、俺もホッと息を吐く。

「菊夫、クライアントに見せるレジュメできたのか？」

　桑原部長が俺に視線を移す。俺も長身だが、部長はさらにデカイから圧迫感が半端ない。

「あ、すいません。もうすぐ」

「早くしろよ、タコ。打ち合わせ間に合わなかったらどうすんだよ?」

「すいません」

人事部からのお達しなどまったく効果がなく、終業時刻になってもほとんどの社員が仕事を続けていた。桑原部長は例によって、部屋中に響き渡るような声で、誰かと電話をしている。

「もちろんですよ、俺を誰だと思ってるんですか? その代わり、何かあったらまたよろしくお願いしますよ」

そして電話を切ると、俺を見た。

「そうだ、菊夫。おまえ、図書館の建設現場にちょくちょく顔出してるんだよな?」

「あ、はい。職人さんたちにキクちゃんとか呼ばれて可愛がってもらってます」

イマドキ珍しい菊夫という名前。同級生からはけっこういじられたけど、こういうときは役立っている。でも、桑原部長はそんな俺の話など聞いていないようだ。

「今から行って、工期を一カ月早めるよう頼んでこい」

「え? でも、今でもかなりキツいスケジュールなのに……」

「そこをなんとかするのがプロだって言えばいいだろうが」

「え? いや、でも、今でもかなりきついスケジュールで……」

「だったら、今後は他の会社に仕事を振るって言うしかないだろ。会社はいくらでもあるんだから」

「ああっ！　ちょっと待ってください。それって、脅迫みたいなもんじゃないっすか？」

「おまえは、どっちの味方なんだよ？　下請けの気持ち一々考えてたら、俺たちゼネコンの仕事は成立しないだろうが、タコ」

桑原部長は手にしていた資料で俺をはたいた。

「いいか、俺がおまえに厳しくするのは、可愛い後輩に対する愛情だよ、一日でも早くおまえに一人前になってほしいって親心だよ。わかるよな？」

「……あっざぁす！」

俺は出かける支度を始めた。


工事現場に到着すると、職人さんたちはプレハブの仮設事務所でみんな帰り支度をしていた。

俺は急いで主任をつかまえる。

「いやいやいや、無理だよ、一カ月早めるなんて」

そりゃそうだよな。そう思いながらも、俺は主任に頭を下げた。

「……そこをなんとかお願いできませんか」

「だいたい、なんでそんな無茶な話になるんだよ？」

「おまえ、俺たちの仕事なめてんのか？」

職人さんたちが俺を取り囲む。

「いやいやいや、とんでもないっす」

　俺だって、こんなことは頼みたくない。ひどい話だとは百も承知だ。

「どうせ、桑原さんが安請け合いしちゃったんでしょ、あの人クライアントにはやたらいい顔するから」

　主任の読みは鋭い。俺はひたすら「すいません」と頭を下げた。

「今回ばっかりは無理だから、考え直してもらうように桑原さんに言ってくれないかな……キクちゃん」

「……わ、わかりました。なんとかします」

　板挟みとはまさにこのこと。俺はどうしたらいいんだ……。


　まっすぐ会社には帰る気になれなくて、とりあえず夕飯でも食べようと『喫茶リクエスト』にやってきた。入社したばかりの頃、サクラちゃんたちと同期五人で来た店だ。その名の通り、リクエストするとなんでも作ってくれる。

　店の扉の前で、携帯電話を開いて『桑原部長』を表示させた。でも……発信ボタンが押せない。俺は携帯を折りたたんでズボンのポケットにしまうと、店の扉を引いた。

　昭和の香りの漂う――といっても昭和六十一年生まれだからピンとこないのだが、ほかのお客さんがそう言っていたのを聞いたことがある――カウンターでは、店主の老女が暇そうにブラウン管テレビを見ていた。

「いらっしゃい」

テレビでは夜のニュースがかかっていて『殺人事件の時効廃止法案が成立し、これからは殺人事件の時効がなくなり……』と、キャスターが報じている。

倒れ込むように椅子に座ると、サクラたち同期の四人がいた。でも四人ともバラバラの席に座っている。テーブル席に座っているサクラちゃんは大きな茶碗を手に持ち、ご飯を食べていた。テーブルの上のおかずの皿はほとんどからになっている。

「サクラに教えてもらってから、みんな、ちょくちょく来てたみたいでさ」

カウンターでビールを飲んでいた葵が言う。

「食いたいものがなんでも出てくるし」

ノートパソコンを広げている蓮太郎のテーブルには、食べかけの海鮮丼がある。

「すいません、あの、冷や汁できますか?」

俺は葵の横に腰を下ろして、水とおしぼりを持ってきた店主に尋ねた。宮崎の冷や汁が有名だけど、熊本の実家でもよく食べた。店主は「リクエストがあれば」と、注文を受けてくれた。

「あ〜、気持ちいい」

俺はおしぼりで顔を拭いた。

「なんかお疲れみたいね、菊夫くん」

携帯でメールを打っていた百合ちゃんが声をかけてくれる。

「え？　いや、全然大丈夫っす。今日も残業ほとんどしてないし」

今日はこのまま直帰するつもりだ。

「とか言って、けっこうたいへんなんだろ？　営業の桑原部長、上にはいい顔するくせに、下には横暴で有名だから。あの人のせいで、今まで辞めた奴もずいぶんいるみたいだし」

「うちの部でも評判悪いよ、急に設計の変更とか平気で言ってくるし」

葵と蓮太郎が言う。

「でも、なんでそんな人ほっとくの？　上は」

百合ちゃんが言った。

「営業のエースで売り上げがダントツなんだよ。しょせん人柄じゃなく数字だから、評価されるのは」

葵の言う通り、桑原部長の営業成績は常にトップだ。

「サラリーマンの最大の不幸は、いやな上司の下につくことかもな」

蓮太郎は皮肉っぽく笑っている。

「いや、そんなことないっすよ、うちの部長。大学の先輩で、俺の面倒すごい見てくれるし、こうと決めたら絶対あきらめないで、相手にぶつかっていくパワーとかすごいあるし」

そう。私大の教育学部に推薦で入学した俺は、入学式で応援部のパフォーマンスを見て、心を

奪われた。大学時代は部活漬け。先輩の言うことがすべてだ。花村《はなむら》建設に入社したのも桑原部長

がリクルーターだったからだ。

そこにちょうど冷や汁が運ばれてきて、ガツガツ食べ始めた。お腹がすいていたこともあるけれど、桑原部長が悪く言われるのをこれ以上聞きたくなかったからだ。

「だいたい、菊夫は真面目すぎンだよ、適当にはいはいって、手抜いときゃいいのに」

蓮太郎のその言葉に、百合ちゃんは「あんたみたいに?」と、葵を見た。

「いやいやいや、失敬な」

葵は顔の前で手を振って否定している。

「さっきから黙ってるけど、北野はなんか言いたいことないわけ?」

蓮太郎がサクラちゃんの様子をうかがった。たしかに、珍しく何も言わない。

「じゃ、わたしはそろそろ。今日も歩いて帰るので」

サクラちゃんは、足腰を鍛えるためだと言って、いつも歩いて帰る。

「相変わらずマイペースだなあ」

蓮太郎の言葉に、みんなもうなずいている。

「じゃあ、また明日」

サクラちゃんは片手を上げて、去っていった。

　それから一カ月後――。

「いったいどういうことだよ、菊夫？」

　俺は桑原部長に呼ばれ、怒鳴りつけられていた。

「おまえ、なんで下請けにハッキリ言ってねえんだよ？　もっと仕事のペース上げろって」

「あ、でも、職人さんたちはすごく頑張ってるし。やっぱり、クライアントに頼んで、工期を今まで通りに戻してもらうわけにいかないでしょうか」

　必死で提案する俺を見て、桑原部長は唇を歪めて笑った。

「面白いこと言うねえ。おまえみたいな若造が、どうやってクライアントを説得するつもりだよ？」

「あ、それは、いいものをジックリ作るにはやっぱり時間がかかるって」

「そんなこと誰でもわかってんだよ、タコ。短い時間でいいものを作るからプロなんだろうが！」

　桑原部長は手元にあった資料を投げつけてきた。

「……すいません」

　俺は床に膝をつき、散らばった資料を拾い集めた。

「おまえみたいな仕事のできない奴はな、俺に言われた通りやってりゃいいんだよ。もう一回工期早めるように言って来い。オッケー取れるまで帰ってくんじゃねえぞ、夜中になっても」

「……はい」

　自席に戻って鞄を手に取り、営業部を飛び出そうとしたとき、サクラちゃんが入ってきた。まっすぐに桑原部長を見て、ツカツカと近づいていく。

「スウ〜〜〜〜〜」

　サクラちゃんが桑原部長の机の前で息を吸う。

「なんだよ、また、おまえか？」

「菊夫くんは、今日は定時に帰らせていただけますか？」

　サクラちゃんの言葉に、俺の心臓が跳ねあがる。俺は急いで部長の席に走っていった。

「残業時間を減らすようお願いしたのに、営業部だけが一向に改善されていません。これからは確実に残業を減らしていただけると助かります」

　サクラちゃんは手に持っていた資料を桑原部長に渡した。

「こんなもん守れるわけねえだろ、営業には営業のやり方があるんだよ」

　桑原部長は一目見て投げ返す。

「だったら、それを社長や上層部に言っていただけますか、会社の方針でもあるので」

「生意気なこと言いやがって。俺はなあ、人の仕事に口出すなって言ってんだよ」

「それは無理だと思います。会社のみんながいい仕事できるよう環境を整えるのは、人事の大事な仕事ですから」

　サクラちゃんはまったくひるまずに、資料を押しつけつづける。

「なんだとぉ？」

桑原部長がギリギリと歯ぎしりをしているのが、俺にも聞こえてくるようだった。

その夜、部屋に帰ってきた俺は、電気もつけず、スーツのまま床に倒れ込んだ。結局、職人さんたちに強く言うことはできなかったし、もうどうしていいかわからない。

せまいアパートの室内にはもう何日も洗濯物がぶら下がりっぱなしだ。テーブルの上には、カップ麺のから容器がいくつもたまっている。この部屋には寝に帰ってくるだけだ。

と、鞄からはみだしていた携帯が点滅していることに気づいた。這うようにして手に取り、パカッと開いて耳に当ててみると、妹から伝言メモが入っていた。

『お兄ちゃん、元気？　今月も仕送りありがとう。お兄ちゃんが東京の立派な会社で毎日頑張っとるの、家族みんなで応援しとるばい。じゃあまたね』

妹の明るい声を聞きながら、カラーボックスに飾ってある写真立てを見た。大学時代、応援団の仲間と撮った写真だ。仲間に囲まれて満面の笑みを浮かべている自分がまぶしい。

小学校六年生のときに、父親が病気で亡くなった。死後、父親が借金まみれだと発覚し、家に借金取りが押しかけるようになった。母親も幼い妹と弟も怯えていたけれど、そんな暗いムードを吹き飛ばそうと、俺は明るくふるまった。それ以来、父親代わりになって家族を守ってきた。自分は周りを元気にする存在。それが自分の使命だと思っていた。上京して以来、お盆と年末年始は必ず実家に帰っていた。もうすぐ夏がくる。でもこんなぼろ雑巾《ぞうきん》みたいな状態で実家に帰ったら家族に心配されるんじゃないだろうか。

　とりあえず、電話を入れておくか。『実家』の番号を出したとき、着信音が鳴り響いた。画面には『桑原部長』と出ている。反射的に飛び起きて、応答ボタンを押した。

「菊夫、今からすぐ来い」

　いきなり、桑原部長の大きな声が聞こえてきた。

「……え？」

「今、接待してる専務が俺たちの大学の先輩なんだよ。挨拶しないとまずいだろ、おまえも」

　桑原はすっかりできあがっているようでハイテンションだ。

「いやあ、でも、こんな時間だし」

「いいからとっとと来い、タコ」

　桑原部長に言われ、自分の意志とは裏腹に反射的に「おっす」と返事をしている俺がいた。

　指定されたのは高級クラブだった。桑原部長はホステスをはべらせ、接待先の専務と賑やかに飲んでいた。

「御社の新社屋の件、くれぐれもお願いしますよ、専務、いや、先輩」

「わかったわかった。本当におまえは押しが強いんだから」

「それはうちの大学の伝統ですから」

桑原はガハハと笑い、隅の席に座っている俺に、お酒を注ぐよう命令した。俺は慌てて水割りを作りはじめる。

「こいつ、応援団の後輩なんですけど、今、目をかけて鍛えてやってるんですよ」

桑原部長は俺に「なあ」と笑いかけてくる。

「はい、あっざぁす！」

「そうだ、専務。またゴルフ行きましょうよ。そうだ、菊夫おまえも来い。俺の使ってないクラブやるから。その代わり、車買え車。送り迎えに必要だから」

桑原部長の言うことはむちゃくちゃだ。

「すいません、俺、免許持ってなくて」

「だったら取りゃいいだろうが」

桑原部長のこめかみがピクリと動く。これは、本気のサインだ。

「せめて盛り上げろよ。そうだ、大学の応援歌歌え応援歌。早くしろ！」

「おっす」

ボロボロの体に鞭打って、俺はピンと背筋を伸ばした。


ハッと目を覚ますと、サクラちゃんがいた。

夢か？　ここはどこだ？

俺は手に箸を持っていた。社員食堂だ。どうやら昼食を食べながらうとうとしていたみたいだ。

「大丈夫ですか、だいぶお疲れみたいだけど」

「あ〜、全然大丈夫、今日も絶好調っす」

俺はどうにか笑顔を作って声を張る。

「そのわりに箸が進んでないみたいですが」

サクラちゃんが俺の前に置いてあるざるそばを見た。麺はもうのびている。

「昨日ちょっと飲み過ぎただけ。そっちはすごい食欲だね?」

サクラちゃんの前には、スタミナ定食大盛りが置いてある。

「いい仕事をするには、体力をつけないと」

サクラちゃんはご飯を大盛りに盛った茶碗を手にした。サクラちゃんの小さな顔と同じぐらいのご飯の量だ。モリモリ食べはじめたサクラちゃんを見ていると、なんだか気分が悪くなってきた。

「俺、そろそろ行かないと……」

俺はトレーを手に立ち上がった。


その夜、接待に行くぞ、と言われ、俺は桑原部長と一緒に会社を出ようとしていた。まったく、桑原部長のこの体の強靭さといったら。この人はいったいいつ休んでいるのだろう。

「菊夫くん、やっぱり残業ですか？」

　ロビーに出てきたとき、目の前にサクラちゃんが立ちはだかっていた。いつものように、Ｂ４サイズも入る大きなカーキ色のビジネスリュックを背負い、チェストストラップをしっかりとめているなんとも特徴的な姿だ。

「もうやめてください。勤務超過ですから」

「あ、でも……」

　しどろもどろの俺を押しのけて、桑原部長がサクラちゃんの目の前に立つ。

「おい、二度と現れるなって言ったろうが。ったく、何様だよ、おまえは」

「同期のサクラです。北野サクラ」

「いいから、どけ。二年目のぺーぺーが、人の仕事に口出ししやがって」

「すいませんが、これ以上過酷な残業を強要して、菊夫くんが過労死でもしたら、上司として、管理責任を問われることになりますが、その覚悟はおありなんでしょうか？」

「……は？」

「それに、忙しいは、心を亡くすと書きます。人はあまりに忙しいと心に余裕がなくなり、頭も働かなくなります。いい仕事をするためにも、無駄な残業はするべきじゃないと多くのデータも言っています」

　サクラちゃんは一歩も引かない。

「……なんだと？」

　桑原部長は今にもサクラちゃんに殴りかかりそうで、見ている俺の胃が痛くなる。

「あ、部長、こいつ、ちょっと変わっちゃってるんですよ。空気を読むとかって発想が全然なくて」

　俺はふたりの間に割って入った。

「もしかして、おまえか？　去年の入社式で、社長の挨拶が長いって文句言ったのって？」

「文句ではなく、感想です」

「おまえさ、そんなやり方してたら、絶対会社クビになるぞ。人の心配してる暇あったら、てめえが大人になったらどうだ？　菊夫、行くぞ」

　桑原部長はさっさと行こうとした。

「オッス！」

　サクラちゃんのことは気になる。だけどここは、部長についていくしかない。俺はサクラちゃんを置いたまま歩きだした。

「わたしには夢があります！」

　背後で、サクラちゃんの声が聞こえて、桑原部長と俺は足を止めた。去年、人事部への配属が決まった日に、俺たちに言った言葉だ。

「は？」

　不機嫌だということをわからせるような表情で、桑原部長が振り返る。

「ふるさとの島に橋を架けることです」

「それがどうした?」

「わたしには夢があります。一生信じ合える仲間を作ることです。わたしには夢があります。その仲間と、たくさんの人を幸せにする建物を造ることです」

そこまで言うと、サクラちゃんはこっちに歩いてきて、目の前に山のようにそびえ立っている桑原部長の顔を見上げた。

「それだけはあきらめられないので。菊夫くんが体を壊したりして、会社を辞められては困るんです」

サクラちゃんの言葉に、俺の鼻の奥がツンと痛くなってくる。

「あ〜、面倒臭えなホントに。おい、菊夫、どうすんだよ、俺と同期の姉ちゃんのどっちの言うこと聞くんだ?」

桑原部長は歩きだし、振り返って俺に問いかけてくる。

「サクラちゃん、俺なら大丈夫っす」

俺はサクラちゃんに近づいていき、どうにか笑顔を作った。

「応援団にいたから体力だけは自信あるし……それに、俺はサクラちゃんと違って、大学の先輩に見捨てられたら終わりなんだ。この会社に入れたのも桑原さんのおかげだから」

震える声で言い終えると、俺は桑原部長のほうに走っていった。

「……サクラちゃん」

　目を覚ますと、サクラちゃんがいた。この状況は二回目だ。でもここはぼんやりと薄暗い夜の病室だ。俺は記憶を辿った。そうだ、俺、接待先で倒れたんだ……。

「大丈夫ですか、菊夫くん」

「うん……そっちこそ何やってるの？」

　サクラちゃんは、何かの資料をパラパラめくって見ていた。

「すいません、菊夫くんが担当している図書館の完成図を見ていました。でも、これはいいです、非常にいい。北欧風のデザインを取り入れ、外見は奇抜なのに、中は過ごしやすい空間になっていて、ガラス張りなのに陽の光が本に当たらないように計算されています。見やすいように設置された書架、考え尽くされた動線、子どもやお年寄りにも優しいスロープ、どれもが市民の憩いの場にしたいという作り手の愛と願いに溢れています」

　サクラちゃんは興奮気味に言う。

「……相変わらず建物が好きなんだね」

　サクラちゃんは興味深いデザインの建物を見つけると、必ず写真を撮る。

「菊夫くんもそうでしょ？」

　問いかけられた俺は、即答できなかった。

「サクラちゃんは仕事辛くないっスか？　ふるさとの島に橋を架けたいから土木志望だったのに、人事に行かされたから」

「今は人事に配属されて良かったと思っています」

「なんで？」

「人事はすべての部署と接しなきゃいけないので、仕事しているうちにわかったんです。どこの部署の人も、うちの会社を支えてるんだって」

俺は黙って、サクラちゃんが話すのを聞いていた。

「広報は、会社のイメージアップや、メッセージを伝えるために、毎日地道な仕事をしているし、設計部は、ゼロからイメージを形にするため何度も何度も試行錯誤して、いいものを生み出そうとしています。都市開発部は、たくさんの人が幸せに暮らせる街づくりを提案するため、行政や住民の人たちと何度も打ち合わせをしているし。営業部は、会社とお客さまとの橋渡しをするたいへんな仕事です。そして、人事は、社員の健康とより良い環境作りをいつも考えて、みんなが少しでもいい仕事ができるようにサポートしています。わたしたちは、会社全員で建物を作っているんです」

言い終えると、サクラちゃんは図書館の設計図を俺にさしだした。『立川市新図書館（仮称）建設に関わる基本設計概要』の文字の下には、桑原部長の名前を筆頭に、図書館建設に関わった営業部の社員五人の名前が書いてあった。五人目に書かれた自分の名前を見たときは、ものすごく感慨深かった。だけど今は……。

「すごいな、サクラちゃんは」

俺は自虐気味に笑った。

「それに比べて……何やってんだろ、俺……」

笑いたいのに、涙声になってしまう。

「この頃、夜は眠れないし、朝は会社に行くのが辛くて。会社でも部長に怒鳴られてばっかりだから、いっそのこと辞めちゃおうかなと思うけど、家族に仕送りしなきゃいけないから、それもできなくて……。なんだかもう、自分がなんのために働いてるのかわからなくなっちゃった……」

それは、今まで誰にも言ったことのない、俺の本音だった。

「いつか、家族のために家を建てたいとか思ってたけど、そんなの無理っスよ」

冗談めかして言ってみたけど、笑えなかった。俺は嗚咽《おえつ》を漏らした。

「なんで、こんなことになっちゃったんだろ……。俺はただ、仲間と一緒に働きながら、頑張ってる人を応援したいだけなのに……」

人を応援するのが好きだし、人から「ありがとう」って言われると自分の存在価値を感じた。大学の応援部にいて、そのことに気づいた。その勢いで走ってきたけれど、もうガス欠だ。

「なあ、サクラちゃん、俺どうしたらいいんスか?」

泣きながら問いかける俺を見ながら、サクラちゃんは顎に手を当ててじっと考えていた。

「それは……わたしにはよくわかりません」

そしてそれだけ言うと片手を上げて「じゃ、また明日」と立ち上がった。

「……え？　行っちゃうんスか？」

俺は上半身を起こした。

「すいません、いいことを言えそうにないので」

病室のドアのほうに歩いていったサクラちゃんは振り返った。

「菊夫くんは今、少し大人になったのかもしれません」

「……どういうこと？」

「大人になるとは、自分の弱さを認めることだって、じいちゃんが言ってましたから。参考になるか、自信がありませんが」

そう言って今度こそ行こうとして、また足を止めて振り返った。

「それから……わたしは、会社のみんなを応援したいと思う菊夫くんはすごいと思いました。ずっとその気持ちを持ち続けてほしいとも思いました。ただ、菊夫くんが今、一番応援すべきなのは……あなた自身じゃないでしょうか？」

その言葉が、俺の胸にささる。

「力一杯、自分のお尻を叩いてください。それをできるのは菊夫くんしかいません」

サクラちゃんは今度こそ帰っていった。誰もいなくなった病室で、俺は思いきり泣いた。

翌朝、病院を退院するとき、俺はサクラちゃんにメールを打った。

『今から部長に自分の考えを伝えてきます』

けれど、いざ出社して営業部の前に立つと、勇気がしぼんでいく。入り口の前で胃の痛みをこらえながらどうしようか迷っていると、「菊夫くん」と声をかけられた。サクラちゃんだ。

「あ、ど、どうしたんスか、みんな?」

サクラちゃんの背後にはなぜか葵と蓮太郎と百合ちゃんもいる。どうやら野次馬根性でついてきた様子だ。

「そっちこそ何やってんだよ?」

葵が問いかけてくる。俺が答える前に百合ちゃんが口を開いた。

「もしかして、入るのビビってるとか?」

「そんなこったろうと思った」

蓮太郎がため息をつく。

「なーにやってんだ、タコ！　なんべんも同じこと言わせるんじゃねーよ！　こんなんでクライアントが納得するわけねーだろうが！　どうなってんだ、コラァ！」

と、中から桑原部長の怒鳴り声が聞こえてきた。自分が怒られているわけじゃないのに、胸が苦しくなる。

「サクラちゃん、お願いがあるんだけど……」

俺はサクラちゃんに向き直った。

「……なんですか？」

「さっきから自分のケツを叩こうとしてるんスけど、どうしてもだめで……。できれば、サクラちゃんがやってくれないかな？」

「わかりました」

俺はサクラちゃんに尻を向けて立った。その数秒後、サクラちゃんがバシーン！　と、俺の尻を叩いた。ものすごい力に俺はつんのめり、前の壁に手をついた。

「イッ痛アアアア〜〜〜」

大きな声が出そうになるのをこらえながら、そのまま壁に手をついて痛みが過ぎるのを待った。目尻に涙をためている滑稽《こっけい》な俺の姿を見て、同期の三人はふきだしている。

「涙出てきた、すごい力っスね」

小柄なサクラちゃんなのに、めちゃくちゃ力が強い。

「すいません」

「……でも、なんか勇気湧いてきた。じゃ、行ってくる」

俺は意を決し、スタスタと歩いて桑原部長のデスクへ向かった。

「あの、部長」

「お〜、菊夫。体もういいのか?」

「あ、はい、おかげさまで……」

「心配するだろ、しんどいならしんどいって言ってくれないと。俺はおまえの親代わりみたいなもんなんだから。しばらくは体に気をつけて、残業もしなくていいから」

「あ、あっざぁす」

てのひらを返したようにやさしい態度に、俺はすっかり拍子抜けした気分になる。

「じゃあ、例の図書館建設の現場行って、工期早くするよう下請け説得して来い」

「え?」

思わず耳を疑う。

「あれから工事のペースが全然上がってないから、クライアントにせっつかれて困ってんだよ。それにほら、病み上がりのおまえが頼めば、向こうも情にほだされて言うこと聞くと思うし。だめだったら、定時までずっと土下座してろ。それでもだめなら、明日もまた同じことすりゃいいから」

この人は……何も変わっていない。俺は確信した。それと同時に心から落胆した。

「わかったら、早く行ってこい」

手に持っていた資料で俺の胸を叩くと、桑原部長は自分の仕事に戻っていった。

「……いやです」

俺は声と一緒に勇気を押し出すように言った。

「は？　今、なんて言った？」

席につこうとしていた桑原部長が振り返る。

「お、俺はもう……部長の言う通りにはできません」

声を震わせながらもきっぱりと言うと、部屋にいた他の営業部員たちも、いっせいに俺を見た。

「……何言ってんだ、おまえ？」

「俺、同期のサクラに初めて会ったとき、自分に似てると思ったんです、仲間を大切にして、仕事も一生懸命やろうとしてるから」

俺はまっすぐに桑原部長を見て、言葉を続けた。

「でも、本当は全然違いました。サクラは、この会社に入った夢や目標がハッキリあるのに、俺にはそんなもん全然ないし。みんなのことを応援したいと思ってたけど、本当は、自分で何も決められなかったり、自分の意見を先頭に立って言う勇気がないだけで……。でも、一番サクラと違うのは、自分が今やってる仕事に、ちゃんと向き合ってないことです。自分が担当している建物を愛してないことです。それが、何よりも大切なのに……」

泣きそうになりながら必死で訴え、部長にさらに一歩、近づいていく。

「だから、俺、これからはサクラに負けないように、目の前の仕事を自分にしかできないやり方でやりたいです。やらされるんじゃなくて、自分がやるべきと思った仕事をやりたいです」

俺は言いたいことを全部言い切って頭を下げ、また顔を上げた。すると、これまで静かに聞いていた桑原部長が、俺の顔を正面から睨みつけていた。その距離は、二十センチぐらいだろう。

「おまえ、そんなこと言って、どうなるかわかってんだろうな。おまえみたいな奴潰すの簡単なんだよ、こっちは」

目の前ですごまれ、俺はまさに蛇に睨まれた蛙状態だ。だけど、一歩も引かなかった。

「部長、お電話です」

そのとき、先輩社員が桑原部長を呼んだ。

「うるせえな、後にしろ」

「でも、例の図書館の現場で、水道管が破裂したみたいで」

「なんだと?」

桑原部長が顔色を変えて電話に出ようとするが——。

「俺が行ってきます! 俺の担当ですから」

俺は鞄を手にして営業部を飛び出した。

「よく言ったな、菊夫」

「俺は信じてたよ、おまえならできるって」

廊下にいた蓮太郎と葵が、笑顔で俺を迎える。

「またいいかげんなこと言って」

百合ちゃんは呆れ顔だ。

「みんな、ありがとう。サクラちゃん、また……」

俺はサクラちゃんに感謝の気持ちを伝え、駆けだした。


現場はひどいことになっていた。掘った穴の中から水が噴き出している。ヘルメットをかぶってワイシャツを腕まくりし、職人さんたちの指示に従いながら作業をしているうちに、数時間後にどうにか水を止めることができた。みんなで喜び合い、今度はバケツで水をかき出す作業をしていると、サクラちゃんがやってきた。

「あれ、サクラちゃん、どうしたんスか？」

「昼休みなので、差し入れを持って来ました」

サクラちゃんは両手に持っている紙袋をかかげた。その中には、コロッケがつまっていた。

「よかったですね、早く水を止めることができて」

工事現場の一角でみんなで輪になってコロッケを食べながら、サクラちゃんが言った。

俺はコロッケを頬張りながら笑顔でうなずいた。ここ最近、何を食べても味がしなかった。でもこのコロッケはめちゃうまい。

「菊夫が手伝ってくれたおかげだよ」

職人さんたちは笑っている。

「しょうがないな。キクちゃんのために、少しでも工期早めるように頑張るか、みんな」

主任がそう言ってくれ、職人さんたちから「お〜」と声が上がる。

「みなさん、ありがとうございます」

涙が出そうになっているのをごまかすように、頭を下げた。

「でも、みなさんには、今まで通りいい仕事をすることを一番に考えてほしいっス。ちょっとでも助けになるよう、もっともっと勉強しますから、俺」

そしてもう一度、頭を下げた。顔を上げると、サクラちゃんが駆け寄ってきて、ふにゃーっとやわらかい笑顔を浮かべた。

「菊夫くん、これからずっと応援します。菊夫くんにしかできないことは必ずあると思うから♡」

「あ、ありがとう。なんか、サクラちゃんの笑顔見たら、元気出るよ」

いつもは無表情なのに笑うと目がなくなってものすごく可愛い顔になる。

「なあ、もしかして菊夫の彼女？」

職人さんの一人が尋ねてきた。みんながヒューっとひやかしてくる。

「いやいや、違いますよ。俺の同期のサクラです」

俺は胸を張って言い、笑顔でサクラちゃんを見た。

「そうだ、みんなで写真を撮りましょう」

サクラちゃんはすっかり無表情に戻ってそう言うと、いつも持っているデジカメを手にした。

そして俺たちに並ぶよう指示をし、デジカメを椅子の上にセットする。

「じゃ、撮ります」

サクラちゃんはタイマーをセットするとこっちに歩いてきた。

「サクラちゃん、早く早く!」

俺は隣にしゃがんだサクラちゃんや、周りの職人さんたちと一緒に、笑顔でポーズをとる。

「はい、どうき!」

サクラちゃんが言うと同時に、カシャリとシャッター音がした。

*

思えばあの頃から俺はサクラ(入社から何年か経って、ようやく呼び捨てにできるようになった)に心を惹かれていた。

震災後、東北支社に応援に行ってから、俺は個人的に仙台にボランティアに行くようになった。もとから人を応援することが俺の使命だと思っていたからだ。仙台に通い始めて、今までと考え方が変わった。困ってる人を応援するだけじゃなく、自分から何か行動を起こしたいと思うようになった。畑が全滅した農家のおじいちゃんが涙を流して感謝してくれると、こっちが逆にパワーをもらえる。それをさらに返していきたい。そう思うようになったのも、まっすぐに夢に向かって生きるサクラの影響だと思う。

二〇一五年、生まれ故郷の美咲島に橋の建設が決まり、サクラの夢はかないそうだった。でもネットで安全基準に達していないという噂が広まり、住民説明会を開くことになった。サクラはそのために帰郷することになった。当時、土木課に異動していた葵が同行すると言うので、俺も焦って有休を取って行くことにした。サクラに惹かれる俺にとって、葵は恋のライバルだ。結局、百合ちゃんも蓮太郎も来ることになって、同期みんなで有休をとって、美咲島についていった。

あのとき、自らの死期を悟っていたサクラのおじいさんは、俺たちにサクラのことをよろしくおねげえします、と、頭を下げた。

サクラは八歳のときに両親を亡くした。病気のお母さんを本土の病院に連れていこうとしたけれど嵐で連絡船が欠航。お父さんが無理に船を出して、その結果、帰らぬ人となった。自分が止めればよかった、と、おじいさんはずっと悔やんでいた。

サクラの好きなコロッケを作ってあげることしかできなかったおじいさんに、サクラは、

「じいちゃん……これからはサクラが守ってあげるっけね」

自分のほうが辛いのに、そう言ったという。そのときに、おじいさんは、サクラのことだけは、何があっても自分が守ると誓った。

「わしの育て方がわりーかったせいか、あの子はほんとに頭が固くて、関わったら面倒でどうしょ

うもねえ人間です。あんな不器用なヤツが世の中を生きていけんだろかって考えたら、わしまで胸が痛くなって……。今までは、あの子がこのままひとりぼっちになったら死んでも死にきれねと思ってたろも……」

俺たち仲間がいるから安心した、とおじいさんは言ってくれた。

橋に関しては、一応、安全基準は満たしているものの、基礎の深さも充分には足りていないし、コンクリートの成分も絶対安全とは言えない。それが真実だった。

工事を続けても、橋を作るのをあきらめても、サクラは苦しむことになる。俺は夢をあきらめてほしくなかったし、百合ちゃんは、このまま工事を続けてもいいんじゃないかと言った。葵と蓮太郎は島の人にウソをつくのはサクラらしくないと主張した。

直前まで迷っているサクラに、俺は言った。

「安心しろ、サクラ。もし、住民説明会でおまえが言ったことで、桑原さんが怒ったら、逆に俺がガツンと言ってやるから」

土木担当役員となった桑原さんの意図に反し、サクラは島民たちに言った。

「橋は架かりません。いえ、架けてはいけません。本当は基礎の深さも充分足りていないし、コンクリートの成分も絶対安全とは言えないので。ここにいるみなさんが命を落とすような危険性がある橋を、絶対作るわけにはいきません」

勇気ある決断だった。

その後、サクラを責めた桑原さんに、俺は言った。

「こ、これ以上、傷つけないでもらえますか、俺の大切な同期を。俺たちはサクラは正しいことをしたと思ってます」

そんな俺に桑原さんは「おまえらも、こいつに似てどうしようもないバカだな」と言った。


その後、サクラは荒れた。日に日に猫背になっていき、目にも力がなくなっていき、ついに休職届を出して引きこもった。

あれは二〇一八年が明けた頃だったか……。同期三人の前で話し合ったときに「俺、サクラにプロポーズしようかな。元気取り戻すまで、俺が守ってやりたいから」と言ってはみたものの……そんなことで解決できるわけないのはわかっていた。

そのかわり俺は、サクラを図書館に連れていった。桑原さんにパワハラされたとき、担当した図書館が完成したのだ。

「あのとき、おまえ、ここの完成図見て言ったよな？『いいです、非常〜にいい』って」

でも、サクラの反応は薄かった。

その後、同期のみんなが『リクエスト』に集まったら、サクラも現れた。一週間分のカレーを店主に作ってもらっているらしい。

「さっきはすいません。もうわたしみたいな奴、ほっといてください」と言うサクラに、俺は「そんなこと言うなよ、サクラ」と、心から言った。

「もし、サクラだったら、きっと俺たちのことを絶対ほっとかない、何があっても助けようとしてくれるって思うからさ。じいちゃんを失って辛いのはわかるけどさ、でも、じいちゃんは、サクラがこうなること望んでるのかな？」

俺だけじゃない。みんな必死で訴えた。だけど、サクラには響かなかった。

「でも、もう無理なんです。なんだか、今まで自分がやってきたことが全部無駄な気がするんです。これからいくら頑張っても、どうせ意味がない気がするんです。そう思うと、どうしても気力が湧かないんです。みんなが言ってくれるように、このままじゃいけない、早く元気にならなきゃって思うんですけど、焦れば焦るほど体が言うこと聞いてくれないんです。

せめて、じいちゃんからファックスが来てくれないかって思うけど、そんなの絶対無理だし、もう、どうしていいかわからないんです。じいちゃんが死ぬ前にファックスを送ってくれて、そこには、『桜は決して枯れない、たとえ散っても、必ず咲いて、たくさんの人を幸せにする』って書いてあったけど、そんな人間じゃないんです、わたしは……。

お願いですから、もう、わたしのことなんか見捨ててください。今はみんなと会うのが辛いんです。おまえならできる、頑張れって励まされるのが苦しいんです。みんなの期待に応えられない自分がいやでいやで、たまらないんです。だから……わたしのことなんかもう、仲間なんて思わないでください」
サクラは苦しそうに言って、俺たちの前から去っていった。

それからは、俺も必死で自分の生きる道を模索した。
熊本で地震が起きて、地元の友人や親戚が被災したりしてから、自分の居るべき場所は大手ゼネコンじゃないと思い、会社を辞め、ボランティア活動をする団体に入った。

そして、二〇一九年三月三十一日、その日も東北で農作業に精を出していた俺は、百合から電話を受けた——。

立川市新図書館（仮称）建設に関わる基本設計概要

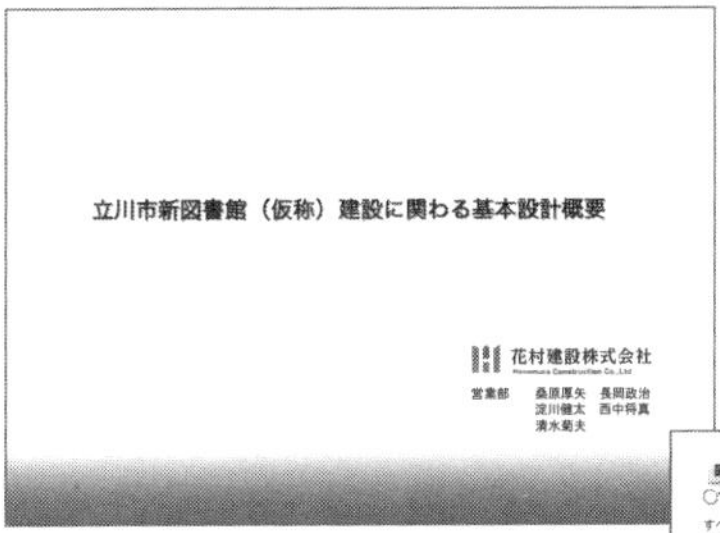

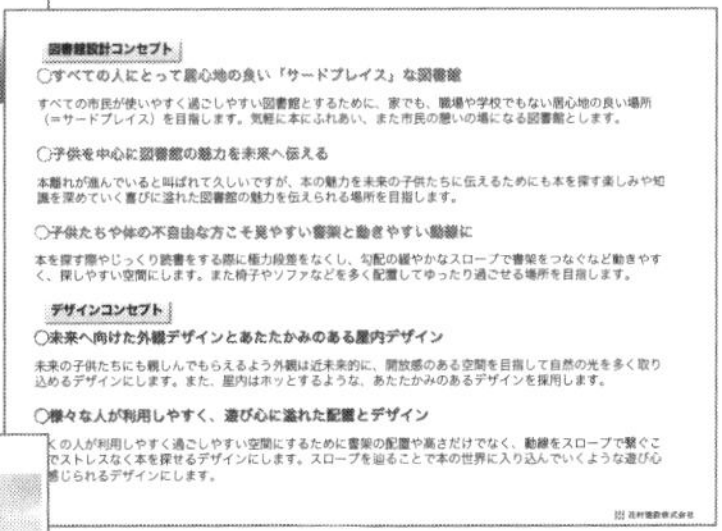

菊夫が病室で意識を取り戻すまで、サクラが病室で見入っていた書類。本書P52参照。書架や導線、スロープなど、どれもが市民の憩いの場にしたいという愛と願いに溢れているとサクラが絶賛した。

第二話より

花村建設の社内掲示物

会社に掲示されているポスターや目標を綴った掲示物など。胸像は創業者。エントランスにも花村建設のフロア案内図が掲示されている。

2011年度 安全管理目標

― 安全における基本理念 ―

我々は、国際企業としての責任を認識し、
安全、衛生、職場環境の向上を追求し、そこで働く社員は健康で、
安全で安心して働ける快適な職場環境を維持するために積極的に行動する。

― 工事業務における安全に関する方針 ―

我々は、人命尊重、人間尊重の理念にたち、
企業活動のすべての面において働く人の生命と健康を守ることを最優先とし、
安全文化を定着させ、安全で快適な職場環境を形成する。

― 重点目標 ―

全部署での「無事故・無災害」の徹底と維持。

◆ 法の遵守
我々は、法を遵守し、社内規則や職務および業務手順やマニュアルを制定し、それを行う。

◆ 安全管理
我々は、職場や作業に潜む災害危険に対する感性を忘れず、労働災害の撲滅を図る。

◆ 健康管理
我々は、全社員の健康な精神と身体を形成するため施策を提案し実践する。

◆ 教　　育
我々は、安全衛生教育を計画的に実施、安全な職場の実現のために活動する。

花村建設株式会社
Hanamura Construction Co.,Ltd

フロア案内

20F	会議室
19F	都市開発部
18F	設計部　土木設計課 建築設計課
17F	安全管理部 環境本部
16F	カフェテリア コンビニエンスストア
15F	建築営業部
14F	建築部　建築管理部 土木管理部
13F	建築部　建築部
12F	土木本部　土木管理部
11F	土木本部　土木部
10F	食堂
9F	人事部 総務部
8F	業務管理部 防災情報センター
7F	法務部 財務部
6F	経営企画部 監査部
5F	広報部 経理部
4F	ミーティングルーム リモート会議室
3F	清掃センター メールセンター
2F	総合受付 講堂
1F	防災センター 警備センター

同期の百合

二〇一一年三月――。花村建設に入社して、もうすぐ三年目になろうとしていた二〇一一年三月のこと。

朝、人事部で黒川《くろかわ》部長と話していると、サクラがバタバタと出勤してきた。真面目な性格なくせに、いつも時間ぎりぎりに腕時計を見ながら「まずい、非常にまずい」と走ってくる。

「ほんとにもう。北野さん、また建物の写真撮ってたの?」

上司の火野さんが声をかけている。

「あ、はい、ご覧になりますか」

「それより、広報のあなたの同期が来てるわよ」

「どうしたんですか、百合さん?」

サクラが声をかけてきた。体全体を腰から二つ折りにして、お辞儀《じぎ》をするみたいにのぞきこんでくる。サクラお得意のポーズだ。

「来年の新規採用向けのパンフレットを作る担当になったんで、取材の協力と各部署への根回しをお願いに来たの」

あたしが説明するのを、黒川部長がニコニコしながら見ている。

「北野、人事の担当はおまえだから、彼女と一緒に各部署の三年目の社員を取材してくれるか?」

黒川はサクラに命じた。

　最初は、都市開発部の葵。あたしがインタビューする様子を、サクラが撮影する。

「今はどんな仕事をしてるんですか？」

「ベイサイドエリアの開発プロジェクトチームに抜擢されたんで、会社の期待にこたえようと毎日頑張ってます。何しろ、僕みたいな三年目が、こんなビッグプロジェクトに選ばれるのは異例なことなんで」

　葵は立ち上がって、部屋の中央にある模型のほうに歩いていく。

「どうして、そんな大きな仕事を任せてもらえたと思いますか？」

　尋ねてみると、葵は打ち合わせをしている先輩社員たちのほうに歩いていく。

「そりゃあ、先輩たちから貴重なアドバイスをたくさんいただいて、いっぱい勉強させてもらったからじゃないかな。都市開発部のメンバーは優秀でいい人ばっかりなんで、ここに入れて本当にラッキーと思ってます」

　葵はミュージカルでも演じるかのように片手を大きく広げて閉じ、胸に手を当てて先輩たちに頭を下げた。そんな葵を、あたしはしらけた気持ちで見ていた。

「……なんだよ？」

「なんか、ザ・サラリーマンって感じだから。コメントも自慢話とおべっかばっかりだし」

　葵のこういうところ、マジで苦手。

「う、うるせえな、社長になるために必要な周囲へのアピールと気づかいって言ってくれる？」

葵が近づいてきて、小声でささやいた。そういえば、新入社員の頃から、葵は社長を目指していると言っていた。都市開発部を希望したのも、ほとんどの歴代の社長が最初は都市開発部に配属されている、というのが理由らしい。あのときは半分冗談かと思っていたけれど、まさか本気だったとは。

「百合さん、そろそろ、次にいきましょうか」

サクラが腕時計に目を落として言う。

「え、ええ〜〜、もっと聞きたいことないのかよ？　まだいくらでも喋れるのに。あ、写真は？　いい感じで撮ってくれた？」

背後で葵が叫んでいるけれど、面倒くさいから振り返らなかった。

次は設計部だ。蓮太郎は嫌々、インタビューに応じている。

「えっと、設計部の人間は三年目から一級建築士の資格を取れるようになるんで、今は会社が終わったら専門学校に行ってます。だから、毎日たいへんで……」

「そうなんですね。石の上にも三年ですね、蓮太郎くん」

サクラが励ますように言っても、蓮太郎の表情は冴《さ》えない。

「ねえ、もっと笑ってくれない？　写真も撮るんだから」

あたしは、蓮太郎の顎に手をかけて無理やり上を向かせて、背中を叩いて姿勢を整えた。

営業部にやってくると、菊夫はいつも通り溌剌《はつらつ》としていた。

「自分はまだまだ半人前っすけど、これからは担当する建物のことをもっともっと勉強し、もっともっと愛そうと思ってます」

ジェスチャー交じりに表情豊かに話していた菊夫は、最後に拳を握り締めてガッツポーズをした。

「ずいぶん吹っ切れたような顔してるけど、何かキッカケでもあったんですか?」

ちょっと意地悪な気持ちも込めて、聞いてみた。菊夫は去年、過労で倒れたりと一時期たいへんだったから、そのときの話を引き出すのもおもしろいかな、と思った。

「それはあの……」

菊夫がしどろもどろになっていると、

「いやな上司が異動していなくなったからだろ?」

通りかかった先輩社員がからかった。

「いやいやいや、そんなんじゃなくて」

菊夫は否定しているけれど、たぶんそうだ。菊夫が過労と心労で倒れた頃、サクラは人事部の社員として残業を減らすよう、菊夫の上司、桑原にあれこれ意見しまくった。その後、土木部に異動した桑原は「俺の目が黒いうちは、おまえを絶対土木に入れないから」と、土木部を志望しているサクラに言い放ったという。ことごとくサイアクな男だ。

「同期に自分の信念を貫いてる奴がいて、彼女の仕事ぶりを見てたら何か勇気が湧くって言うか、俺もいつか自分にしかできない仕事を見つけたいなって思うからで」

菊夫は自分の横顔を至近距離で撮影しているサクラを見ながら言った。熱い性格の菊夫と、いっさい忖度《そんたく》をしないサクラが、顔を見合わせた。二人の顔はかなり近い。

「もしかして、あんたたちできてる?」

二人がどうなってようと、特に関心もないけど、一応、尋ねてみた。

「ま、まさか、そんなわけないだろ、なあ」

菊夫はまんざらでもなさそうに照れ笑いを浮かべた。

「はい、そんなわけないです。仲間ですから」

サクラはあたしを見て言うと、また菊夫の顔を撮影し続けた。

サクラに「お疲れさま」と言って、広報部の休憩スペースに行った。

「あ〜、疲れた」

思いきり伸びをすると、サクラが腰を二つに曲げてぬっと顔を出す。

「ビックリしたぁ。何?」

「百合さんも取材を受けたほうがいいんじゃないでしょうか。とっても優秀だって評判だし、今どんなことを考えてるのか、ぜひ聞きたいと思いました」

「え、いいよ、あたしは。勘弁してよ」

うんざりとサクラを見たとき、突然背後から両肩をつかまれた。

「そんなこと言わずに、やったら？」

ぬめ〜っとした生暖かい空気。肩に感じる妙な湿り気。こうしてときどき肩をもんでくるのは、葦田《あしだ》部長だ。

「でも、部長、広報の人間が広報の作るパンフレットに出るのはどうでしょう？」

飛びのくようにしながら振り返り、笑顔を作る。

「そんなの関係ないって。月村くんは、なんたってミス広報部。いや、ミス花村建設なんだからさ」

部長は再び近づいてきて肩をもんでくる。

「やめてくださいよ、部長」

あたしは部長から逃げるために、場所を移動して取材を受けることにした。

広報部の打ち合わせスペースに移動して、インタビューが始まった。写真うつりのいい白いブラウスを着てきてよかった、と心の中で思う。

「今、どんな仕事をなさってるんでしょうか？」

サクラは質問をしながらシャッターを切る。

「えっと、入社して三年たって実感するのは、広報は、会社と日本中のみなさんとの間に心の橋を架けるのが仕事なんだってことです。花村建設の社員全員が、クライアントはもちろん、住民の方々の幸せを願いながら毎日いいもの作ろうと頑張っている。そんな思いを伝える広報の仕事って、もしかしたら自分の天職じゃないかと、今は思っています」

口角を上げて、表情豊かに、常に笑顔。写真うつりを意識しながら、答えきった。ま、写真をセレクトするのは自分なのだけれど。


お昼休みの時間になったから、サクラと食堂に行った。トレーにサラダをのせて席に着く。飲み物は自動販売機で買ったミネラルウォーターだ。

「とてもよかったです。百合さんのコメント。広報が天職だと思うようになったんですね?」

親子丼にざるそばという意味のわからないとりあわせの品々をのせたトレーを持ってきたサクラが、向かい側に腰を下ろす。

「あんなの、パンフレット向けのリップサービスに決まってるでしょ。本当は天職じゃなくて、転職したいくらいよ」

「すいません。どうしてですか?」

「なんだかんだ言って、ゼネコンなんて男社会だから、責任ある仕事させてもらえないし、会社のほうだって、女性社員にずっと居すわられたら困ると思ってるの見え見えだし。あと、二、三年働いたら、寿退社したほうがマシかも」

あたしが本音を言い終えると、サクラがスウ〜〜〜〜〜〜っと息を吸い込んだ。

ピシッ。

ちょうど開けていたペットボトルのふたをサクラのほうに突きだして、意見を言おうとしているのを防いだ。と、同時に携帯にメールが来る。二つ折りの携帯を開いてみると瀬久自動車の原《はら》専務からで『前から約束してる食事。今日の夜どう？』と、うんざりする内容が書いてあった。

「も〜、面倒臭いな」

心底うんざりしていると、サクラがどうしたのかと尋ねてきた。

「この前取材した自動車メーカーの専務。営業に頼まれて、一回接待につきあわされてから、しつこく誘ってくるから困ってて。大切なクライアントだから、無視するわけにいかないし」

「だったら、上司に相談したらどうでしょう？」

「したわよ、もう。そしたら、その辺は相手を怒らせないように大人の対応してくれだって。いい人ぶってるけど、結局女性蔑視なんだから、うちの部長……そうだ！　あんた、一緒に来てくれない？　二人で行けば、向こうも変な気起こさないでしょ、食事終わったら『ごちそうさまでした〜』って帰ればいいし」

驚いて鳩が豆鉄砲を食ったような顔をしているサクラに、一気にまくしたてる。

「でも、今夜はお台場のほうに建物散策に行く予定が……」

サクラは渋っているけれど、

「そんなの今度にしなさいよ。お願い、同期の仲間を助けると思ってさ」

仲間、というワードを出せばサクラは断れない。これで決まりだ。


終業後、サクラをブティックに連れていった。ラックにかかっているブラウスやワンピースを片っ端から見ていく。サクラはなんでこんなところに来るのかとキョロキョロしている。

「今日行くの三つ星のレストランなんだから、そんなやぼったいスーツじゃマズいでしょ」

サクラは常にグレーのスーツ。カーキ色のものすごくいかついリュックを背負って、ご丁寧にチェストストラップまで留めている。オシャレな要素がどこにもない。

「でも、これしか持ってないので」

「ウソ？　同じのを三年も着てるってこと？」

同じのを何着も持っているのかと思っていたけれど……まさかの一着？

「大丈夫です。休みの日に洗濯して、毎日寝押ししてるので」

「何それ？　日本にまだそんな人いるわけ？」

呆《あき》れながらも、とりあえず柄物のワンピースと白いカーディガンを選んでサクラに渡した。あとバッグと靴も買わなくてはいけないし、時間がない。

「これなんかどう?」

サクラは値札を見た途端に眉をぴくりとさせ、すぐにハンガーをラックに戻した。

「無理です、うちの家賃より高いじゃないですか」

「遠慮しなくていいわよ、プレゼントするから」

急いでレジに持っていき、財布からゴールドカードを出してカウンターに置いた。うちの父は土建屋を営んでいて、金だけはあるのだ、品性や知性は持ち合わせていないけれども。


とりあえずバッグと靴も買って、化粧もしてやり、レストランに到着した。サクラは高いヒールの靴は慣れないからと、何度もよろけてはあたしにつかまっている。

「頼むから、あたしに適当に話合わせてくれぐれも余計なこと言わないでね」

念を押すと、サクラは「わかりました」とうなずいた。さて、スイッチを入れなくちゃ。笑顔を作って、テーブル席に着いている専務のもとに歩いていく。

「百合ちゃん、待ってたよ……あ?　えっと?」

専務は隣に立つサクラを見て戸惑っているようだ。

「あたしの同期なんですけど、今日専務とお食事するって言ったら、どうしても行きたいって聞かなくて。なんか専務と専務の会社のファンみたいなんです。いいですか?　彼女も一緒で」

にっこり微笑むと、専務は顔を引きつらせて「ああ、もちろん」とうなずいた。

「お邪魔してすいません、百合さんの同期のサクラです。北野サクラ」

サクラはいつものように腰を二つ折りにして、名刺を差し出した。


「こんなおいしいもの初めて食べました。いったいどういう料理なんですか、これは?」

前菜を一口食べたサクラは、そのまま皿に顔を近づけて凝視している。そして、一心不乱に続きを食べ始めた。

皿の横には、先ほど交換した専務の名刺が置いてある。

「百合ちゃん、どう? 仕事のほうは? 三年目だと会社に不満とか言いたくなる頃じゃないの?」

専務はあたしの目を見て尋ねてきた。

「そんなことないですけど、もっと女性に配慮した職場作りをしてほしいなあとは思います。現場に行ったらトイレは汚いし、あと、着替える時、衝立《ついたて》があるだけの部屋で男性と一緒だったりするのもなんとかしてほしいかな……」

ニコッと笑って首をかしげる。できれば取引先の専務が食事に誘ってきたり、なれなれしく名前で呼んだりするのもやめていただきたい。もちろん口には出さないけれど……と、隣を見ると、サクラがメモを取っている。その様子を見て、専務は感心したように口を開いた。

「感心だね、二人とも若いのに仕事熱心で。うちの会社でもね、これからは女性が働きやすい環境を考えなきゃ駄目だって、常々言ってるんだよ。頑張ってる女性の味方だからさ、僕は」

そして、テーブルの上に置いたあたしの手を握った。

「あ、ありがとうございます」

さりげなく手をひっこめ、「すいません、ちょっとお手洗いに」と、席を立った。


トイレの鏡の前でため息をついて、笑顔の練習をしてから、席に戻る。

「あれ？　専務は？」

テーブルには、サクラの姿しかない。

「さっき、お帰りになりました」

「え？　なんで？」

「百合さんと二人きりになりたいと言われたので、それはできませんとお断りし、何かいろいろと誤解されてるみたいなので、百合さんの正直な気持ちをお伝えしときました」

「ちょっと、なんて言ったのよ？」

「百合さんはあなたに好意はこれっぽっちも持っていないので、もう誘わないでいただけると助かります。取引先だから無下に断れないのをいいことに、弱い立場の女性を誘惑しようとするのもやめてください」

「ウソでしょ？　あの人が怒ってうちの上司に怒鳴り込んだらどうするのよ？　会社で問題に

なったら、あたしが知らないうちにあんたが勝手にやったたって言うからね！　もう信じらンない！」

ああ、サクラを連れてきたあたしがバカだった。あたしはそのまま、店を出た。


タクシーで二子玉川のマンションに帰ってくると、自宅のある最上階でエレベーターを降りた。

「ホント疲れる……」

明日会社に行くのがゆううつだ……ため息をつきながら玄関を開けると、賑やかなカラオケの音が聞こえてきた。リビングのドアを開けると『月村組』のヘルメットと作業着が数人分、脱ぎ捨ててあった。ちょうど曲が終わったようで、みんなは手を叩いている。

「あ〜、百合ちゃん、やっと帰って来た。遅いから心配したじゃない」

母親が声をかけてきた。ミニ丈のワンピースに黒いストッキング姿で甲斐甲斐しく立ち働く母は、ホステスのようだ。というより、この人はもともとホステスだった。

「お帰りなさい、お嬢さん」

従業員たちに声をかけられて、どうにか「ただいま」と笑顔を作った。

「おい、百合、たまにはみんなにお酌でもしろよ」

父親は、相変わらず値段は高いけれど趣味の悪いカラフルなセーターを着ていた。

「パパ、百合は仕事で疲れてんだから、ほら、あたしじゃダメ？」

と、母親はしなを作りながら、まずは父親にお酌をする。

「相変わらずラブラブっすね」

従業員たちがはやしたてたところにカラオケのイントロが流れた。

「社長、十八番入りましたよ！」

マイクを渡された父親が歌いだしたのは……。

「♪貴様と俺とは同期のさくら〜、同じ兵学校の庭に咲く〜」

いやだいやだいやだ。さっさとリビングを出て、自分の部屋に駆け込んだ。


ベッドに入ろうとしたところで、携帯にメールが着信した。受信ＢＯＸには恋人の『有森仁』の名前が、ダーッと上から下まで並んでいた。九時過ぎから十分おきぐらいにメールが来ている。開いてみると……。

『ずっとメールしてたんだけど、返信ないから心配で』

仁が心配している顔写真付きのメールだ。もう四年つきあっている彼は大学時代のサークルのＯＢで四歳上。家は代々医者だし、言い寄ってくる男たちの中では一番条件が良かった。

「この頃面倒臭いな、こいつも……」

思わず本音が口をついて出たとき、携帯が着信した。仁からだ。

「ごめん、今日もくだらない接待につきあわされて……うぅん、来週は大丈夫」

話しているうちに日付が変わり、ベッドサイドの時計のデジタル表示が『3月11日』になった。

翌日の午後、あたしは葦田部長と共に、人事部に向かっていた。昼休みから戻ると、原専務からの苦情が葦田部長に入っていて、どういうことなのかと問われた。昨夜の顚末《てんまつ》を報告すると「だったら人事部に行くぞ」ということになったのだ。人事部に入っていくと、葦田部長はまっすぐに黒川部長の机に向かった。

「いったいどうするつもりだよ？　先方の新社屋の工事、うちが請け負うのが決まりかけてたのに、白紙に戻されたりしたら！」

葦田部長はバン！　と、黒川部長の机を叩く。

「それはまずいなあ。北野、なんでそんなことしたんだよ？」

黒川部長がサクラを呼んで尋ねた。

「同期の仲間がセクハラのようなことをされていたので、守ろうと思って」

サクラは淡々と答えた。

「彼女はそんなに辛かったとは言ってないよ。食事に誘われて、せいぜい手を握られただけだろ？」

その言い方に引っかかったが、とりあえず「ええ、まあ」と、うなずいた。

「それくらい、彼女なら慣れてるし。適当にあしらうことができたんだよ」

葦田部長はそう言うと、あたしに「そうだろ？」と尋ねてくる。

「……そうですね」

ここでも苦笑いだ。

「わかりました。先方に謝ってきます」

くるりと踵《きびす》を返して歩きだしたサクラを、黒川部長が慌てて止めた。

「あ～、いいいい。そんなことしたら火に油を注ぐようなもんだから。とりあえず、広報部長と彼女に謝ったほうがいいんじゃないか？」

「……わかりました」

サクラはあたしと葦田に頭を下げ、口を開いた。

「申し訳あ……」

そのとき、下から突き上げられるように部屋が揺れ出した。

「え？　地震？」

と、思った瞬間に、揺れはどんどん大きくなっていく。

「キャーッ！」

女子社員の悲鳴があがった。床が激しく揺れて立っていられずに、近くの机につかまった。でも机も揺れている。

「おいおい、大きいな」

黒川部長が言い「みんな、机の下に！」と、火野さんが叫ぶ。近くにいたサクラの腕を取り、一緒に机の下に潜り込んだ。天井の蛍光灯も大きく揺れ、ロッカーのドアが開き、机に積まれた書類やコーヒーメーカーのそばのカップは、床に落ちる。

ずいぶん長いこと揺れた後、ようやくおさまった。あたしは気恥ずかしくなってサクラの腕を離し、机から這い出た。

「俺は社長室に行って、指示を仰いでくるから、後のことは頼むな、火野」

黒川部長は飛んでいき、

「みんな、すぐに情報集めてくれる？ あと、社内全員の安否もお願い」

火野さんが指示を出すと、サクラはデスクに戻ってあちこち電話をかけまくる。

「部長、あたしたちもマスコミ対応を検討しないと」

あたしは葦田部長とともに広報部に戻った。

その夜――。

あたしは幹線沿いの歩道を歩いていた。隣には会社のヘルメットをかぶったサクラがいる。あたしたちは帰宅難民たちの一団の中を、のろのろと進んでいた。

夕方、会社を出たものの電車は全線ストップしていた。とりあえず夕飯でも食べようと『喫茶リクエスト』にいたら、サクラがやってきた。そして、困っているあたしに、自分のうちに泊まっていけばいいと言った。そういえばサクラはいつも歩いて帰っている。あたしはサクラの言葉に甘えることにした。

「何？　残業したいって言ったのに却下されたわけ？」

「頼んでもどうしてもダメでした」

　残って仕事をしたいと言ったのに、サクラは会社を出されたという。

「言ったでしょ、会社は女子社員を男のサポート役くらいにしか考えてないんだから。それより、まだなの？」

　尋ねると、サクラは腕時計を見た。

「あと、四十五分くらいです」

「はぁ？　近いって言ったじゃない」

　近いというから徒歩十分ぐらいだと思っていた。

「いつも建物を撮りながら帰るので、家に着くまであっという間に着くのですが」

と言った瞬間、サクラはカメラを構えて走り出した。隅田川にかかる橋の上から建設中のスカイツリーが見えている。

「すごい、震度5でもびくともしていない」

　シャッターを切るサクラを、あたしは冷めた目で見つめていた。

　予想していた通り、サクラの家はかなりレトロな下町のアパートだった。

「あ〜疲れた〜」

ヒールを履いて長い時間歩いたから足が痛い。

「適当に座ってください。おいしい村上茶《むらかみちゃ》を淹《い》れるので」

サクラの部屋の中は、建築雑誌や鉢植えが落ちてぐちゃぐちゃになっている。

「まずい、非常にまずい」

しゃがんで片づけを始めたサクラは、ファックス用紙を拾い上げて呟いた。

「は？　どうしたの？」

「じいちゃんに連絡するのを忘れてました」

サクラが手にしている紙には『無事か？』と、達者な筆文字が書いてある。

『連絡遅うなってごめん。サクラは大丈夫らがね』

サクラは返信を書きはじめた。なかなか几帳面できれいな文字だ。

「今時なんでファックスなわけ？」

それにしてもふくらはぎがぱんぱんだ。足をさすりながら、サクラに尋ねる。

「じいちゃんがメール嫌いなので」

「だったら電話にすればいいじゃない？」

「じいちゃん、耳が遠くて。それに大切な人に電話すると切れなくなるし、切った後さびしくなるし」

部屋の壁には『自分にしか出来ないことがある』『自分の弱さを認めることだ』というファックスが貼ってある。思わずその紙に見入ってしまった。

「百合さんもそうでしょう?」

サクラに声をかけられ、ハッとする。あたしはごまかすように、ズラリ並んだスクラップブックや人事関連の本に視線を移した。

「……あ、これ」

あたしは二年前に作った橋の模型を見つけて近づいて言った。

「二年前なのに、もうずいぶん懐かしい感じがするね。そういえば、美咲島橋だっけ? あんたのふるさとに架ける橋の工事、着工が決まったんでしょ?」

「はい、橋ができたら、百合さんもぜひ来てください。島の人はみんなやさしいし、ウミガメの産卵も見られるんです。そうだ、じいちゃんの作ったコロッケも食べさせてあげたいです、本当においしくて」

サクラは窓を開け、植木を部屋にしまった。

「いいけどさ、焦らないの? もう工事に関わるのは無理かもしれないのに」

「橋の完成にはまだ時間があるし、人事の仕事ちゃんとしてれば必ず行けると信じてますから」

「そうかな、今みたいな仕事のやり方をしてるかぎり、無理だと思うけど」

「どうしてですか?」

「会社なんて、上司の言うことをはいはいって聞いたり、顔色窺《うかが》っておべっか言う奴が出世するの。あんたみたいに言いたいこと言って、上司の命令をきかない奴は、徹底的に叩かれるの。出る杭は打たれるって言うでしょ?」

「いい仕事して会社に貢献をすれば、そんなことはないんじゃないでしょうか」

「ま、好きにすれば、あんたはうちの会社に入りたくてたまらなかったんだもんね」

あたしは投げやりな口調で言った。サクラの前だと言いたいことをポンポン言える。

「百合さんだってそうでしょう?」

「あたしはそんなに思い入れないから。就職のとき、一流企業で受かったの一つだけだったし、まあいいかって感じで」

慶應義塾大学卒。美人。女子アナにもなれるのでは、と言われていたのに、就職活動はうまくいかなかった。とくにやりたいことはなかったけれど、なんとなく聞こえがいいから受けてみたファッション関係やデザイン関係の企業はすべて落ちた。実家の土建屋を毛嫌いしていたのに、受かったのは建設会社。でも「ゼネコンは発注側」。そう自分に言いきかせた。

「だから、入社してから思ってた、何かもっとあたしに向いてる場所があるんじゃないかって」

あたしはいつだって自分の居場所を探していた。公立小学校では裕福でかわいくて頭もよくて運動神経も抜群。一人勝ちだった。環境と友達を変えたくて、中学受験をして慶應に合格した。でも幼稚舎から上がってきた本物の由緒正しいお金持ちを見て打ちのめされた。

「そんな風にはまったく見えませんでした、百合さんはいつも笑顔でテキパキ仕事をこなしてるから」

「そういう風に装ってるだけよ。あたしだって、そっちみたいに無愛想な顔で自分の気持ちを素直に言えるんなら、そうしたいわよ。でも、そんなことしたら、自分が何言うかわからないから、ニコニコ笑って必死で抑えてるの」

「でも、新人研修のとき、あたしには素直な気持ちを言ってくれたじゃないですか」

　サクラは言った。

　そういえば研修で、何度も橋の模型を作り直そうとするサクラに「あんたみたいに生きられる人間なんか、この世に一人もいないの！」とあたしはブチ切れたんだった。

「……あれは、あんたがあんまりわからないこと言うから」

「でも、わたしはありがたいと思いました。最初はショックだったけど、みんなが自分をどう思ってるか、初めて百合さんが教えてくれたので」

　サクラは村上茶を淹《い》れてくれ、あたしの前に置いた。

「だから、素直なままの百合さんでいて大丈夫じゃないでしょうか?」

「……あたしはね、親にだって本当の気持ち言ったことないの。父親は成り金で、銀座のクラブで母親と知り合ったから、なんでこんな下品なのが自分の親なんだろうって小さい頃から恥ずかしくてたまらなかった。本当はもっと素敵な両親がどこかにいて、いつか迎えに来てくれるんじゃないかって思ってた」

中一の初めての授業参観で、父親は派手な柄のネクタイをし、母親はホステス時代のボディコンスーツを着てきた。クラスで一番仲良かった子が「誰のパパとママだろうね」と声をひそめて笑っているのを見て、うちの両親は「下品」なのだと知った。「あたしの本当の親はロンドンで暮らしている」。そう思い込むことで、どうにか自分を納得させた。

そんなことを思いだしていると、メールが来た。

『百合ちゃん大丈夫？　パパがずっと心配してるんだけど』

母親からだ。続けて父親からもメールが来た。

『まだ会社か？　だったら、ママと迎えに行こうか？』

あたしはため息をついて、返信を打ち始めた。

『友だちの家に泊まるから、大丈夫だよ。ありがとう』

それからは、慌ただしい日が続いた。人事部は全国の支社の安否確認に大忙しだった。『震災対策本部』が立ち、食料や毛布や簡易トイレを集めて、東北の支社に送った。物資だけではない。大勢の社員が東北支社に応援に出かけた。菊夫も仙台支社に向かった。

震源地だった東北からは、日々辛いニュースが流れてくる。胸が痛かった。そんな中、あたしをレストランに誘った原専務が、また因縁《いんねん》をつけてきた。こんなときに何を言ってるんだろう。

もうすべてがイヤになった。

ある日の昼休み、あたしは屋上でぼんやりと景色を眺めていた。

「百合さん！」

そこに、ものすごい勢いでサクラが走ってきた。

「すいません、広報の方から、ここじゃないかって聞いたので」

サクラは数メートル離れた場所で足を止めた。途中で歩くのをやめたので、足を片方だけ前に出して、おかしな格好で静止している。

「どうでもいいけど、なんでそんな中途半端な所にいるわけ？　もしかして、高所恐怖症？」

うちのビルの屋上は、柵がわりに植え込みがぐるりと囲んでいる。植え込みはけっこう低いし、高所恐怖症の人にはかなり怖いだろう。

「……そ、それより、結婚するって本当ですか？」

「ああ、うん」

そのことか、と、冷めた気持ちになった。同期には話していないけれど、サクラは人事部だから、上司に聞いてきたのだろう。

「どうしてですか？」

「彼氏にプロポーズされたから。震災があって、あたしとの絆を大切にしたいと思ったから結婚してほしいって」

「でも、会社を辞めなくてもいいんじゃないでしょうか」

「言ったでしょ、この会社はしょせんあたしの居場所じゃないって。ここにいたって、いい仕事ができたとか、自分が役に立ってるみたいな実感を得られると思えないし。もう、いい子のフリして、九時から五時まで営業用の笑いするのに疲れたの」

「でも、結婚したら幸せになれるんですか？」

「彼は医者だから生活には困らないし、可愛い子ども生めば素敵な家族も作れるし……」

「それは百合さんの夢ですか？」

「え？」

「そうじゃないなら、わたしは百合さんに会社を辞めてほしくないです。もっと一緒に働きたいです」

まっすぐに見つめてくるサクラに、返す言葉がない。

「わたしには夢があります。ふるさとの島に橋を架けることです」

何度か聞いたことがある、サクラのいつもの言葉だ。聞いていると、無性にイライラしてくる。

「わたしには夢があります。一生信じ合える仲間を作ることです。わたしには夢があります。その仲間と……」

「あ〜〜〜〜〜、やめてくれる？　バカの一つ覚えみたいに。言ったでしょ、あたしはあんたの仲間なんかじゃないから！」

　あたしはサクラの言葉を遮った。

「夢夢夢夢、うるっさいのよ！」

　走っていって、サクラの目の前に立つ。そして自分より十センチぐらい背の低いサクラを見おろした。

「夢があれば偉いわけ？　夢がないと生きてちゃいけないわけ？　何がふるさとの島に橋を架けるよ。何が一生信じ合える仲間よ、青年の主張かっつーの、気持ち悪い！」

　あたしのあまりの剣幕に、サクラは黙りこんでいる。

「結局あんたは、自分が正しいって思いこんでるだけなのよ。だから、空気も読まずに誰にでも好きなことが言えんの。でも、あんた、間違ってるから。おかしいから。可愛い小鳥のフリして、人の頭にフンを落として回ってるだけだから！　まったく、あんたのじいちゃんもどういう育て方したのよ？　このままじゃ、あんたが負け組になるって、わかってんのかなぁ？　いつまでも夢ばっか見てないで、そろそろ目覚まして現実を見たら？　あんたが今やってることは全部無駄だから。あんたの島の橋だって、どうせ架かりゃしないから！　あんたこそ、ここは自分の居場所じゃないから、荷物まとめて、とっとと島に帰ったら？」

　このバカ女！　一気にまくし立て、ドスドスと足音を立てて歩き去った。

「ブス！」

背後で声が聞こえてきて、振り返った。

「ブス！　ブスブスブスブス！」

サクラはあたしの顔を見て、繰り返す。

「ちょっと、誰に向かって言ってんのよ？」

悪いけど、ブスなんて、生まれてこの方一度も言われたことはない。

「さっきから偉そうに人の批判ばっかりしてっろも、結局あんたは、ここは自分の居場所じゃねぇとかゆうて、現実から逃げてるだけじゃねえんだけ？」

「ちょっと、何言ってんの？」

「言っとくども、今のあんただったら、どこに行っても今の繰り返しらすっけ。結婚したって、いい奥さんのフリしながら、やっぱここも自分の居場所じゃねえとかグジグジ言い出すに決まってんだわんね！」

「いいかげんなこと言わないでよ！　しかも方言だし」

あたしは再び近づいていって、サクラの目の前に立った。

「じいちゃんが言ってたろも、種を蒔かねば、一生花なんか咲かねえんだれ。あんたみたいに幸せの種を蒔かねで、花咲かせようたって無理に決まってんねっけ。仕事のことらってそうらよ。女らっけ、責任ある仕事を任せてもらえねえとか言ってろも、あんたが、その努力してねえだけらねっけ？　辛いんらったら、あんたがこの会社で女性が働きやすい環境作ればいいねっけ？」

サクラの言葉を聞きながら、唇を嚙みしめる。

「もう、無理して笑うんもやめれ。そのまんまのあんたでいたらいいらん。人に言えねえような毒吐きたくなったら全部わたしが聞いてやっからよ！　あんたそのままだと、どんどんブスになるだけらてぇ……」

耐え切れずに、サクラの胸元をつかんだ。そして植え込みのほうへ押していった。

「ちょちょちょ、何すんだって？」

焦っているサクラにはかまわず、植え込みの手前で足を止めて、そのままぐいっと押した。サクラの背中はかなりそっている。あたしが力を入れたらまっさかさまだ。

「言っとくけど、あたしとあんたは住む世界が違うの。あんたみたいな田舎もんと同じ空気吸うのもイヤなの。だから、二度とあたしの前に現れないでくれる？」

あたしはサクラを放して、立ち去った。ぽすん、とサクラが崩れ落ちる音が、背後で聞こえた。


数日後、退職の日がやってきた。

「残念ですが、月村百合さんが結婚退職することになりました。それじゃ、最後にひとこと」

葦田部長が言う。花束を手にしたあたしは、笑顔で広報部のみんなを見回した。

「みなさん、お世話になりました。これからは、この会社で学んだことを生かして、いい妻いい母になって家族を支えていこうと思っています」

拍手をしてくれる同僚たちに頭を下げたとき……。

「失礼します」

サクラが憤然と入ってきた。まるでモーゼが海を渡るときのように、広報部のみんながさっとサクラの通る道を作る。

「おい、またおまえか？　何しに来た？」

葦田部長が露骨に顔をしかめる。

「みなさんは、こんな優秀な人材が辞めてもいいんでしょうか」

サクラは二つに割れた道を歩いてきて、葦田部長の前に立った。

「人生の先輩ならこんな形で結婚しても幸せになれないぞって忠告していただけませんか？」

「ちょっと、何言ってんの」

あたしはサクラを葦田部長から引き離そうとした。でもサクラは動かない。

「この人は今、安全な道を行って、今までと変わらない毎日を生きようとしてるんです、本当は、このままだと、一生同じなんじゃないかと内心ビクビク怯えてるのに」

「え？　そうなの、月村くん？」

葦田部長があたしの顔を見る。

「い、いえ、違います。おかしいんです、この子……ちょっと、すみません……」

あたしはサクラを力ずくで引っ張って廊下に出た。

「いいかげんにしてよ！　どこまでお節介なわけ？」

　つかんでいたサクラの腕を、乱暴に放して怒鳴りつけた。

「すいません、でも、じいちゃんに言われたんです、百合さんと別れちゃダメだって。百合さんはわたしにとって本当の友達だから」

「は？　何を根拠に」

「百合さんはわたしにはなんでも本音を言ってくれるじゃないですか？　ウソつかないじゃないですか？　無理して笑わないじゃないですか？　それって本当の友達がすることじゃないんですか？」

　その言葉に、思わず胸を衝かれた。

「わたしが百合さんを好きなのも、綺麗だからじゃなくて、あなたの言ってることはウソがないから、信用できると思ったからです。こんな人が味方でいてくれたら、どんなに心強いだろうって思ったからです」

　実はあたしも気づいていた。あたしは、サクラには本音が言える。サクラの前では、思いきり仏頂面で、思いっきり毒舌なあたしだった。

「これから何があっても、わたしも百合さんの味方でいるから。だから……わたしの友達になってくれませんか」

サクラは頭を下げ、右手をさしだしてくる。「お願いします」と男性が女性に向かって告白するように頭を下げる。あたしは、小柄なサクラの小さな手を見つめた。

「誰があんたなんかと」

そして背を向けて、広報部の中に戻っていった。


花束を手に広報部を出てくると、エレベーターホールに葵がいた。

「おお、おめでとう〜。同期の退社第一号か？」

「……何か文句ある？」

ツンと顔をそらして、エレベーターのボタンを押した。

「いいよな、女は。辛いことがあったら、とっとと結婚しちゃえばいいんだから。ま、これからはじゃんじゃん子ども作って、うそっぽいママ友と仲良くして、幸せそうなブログでも書いたら？　そういう人生もそれはそれで悪くないから」

葵の言葉を聞いて腹が立ったあたしは、突き飛ばすかわりに、手に持っていた花束を突きつけてやった。

「あたし嫌いなの、百合の花。香りがきついから」

そして、開いたエレベーターに乗り込むと、そこには蓮太郎がいた。彼もあたしがいたことに驚いている。一瞬ためらったけれど、そのまま乗り込んで並んで立った。あたしは階数の表示を見ていたけれど、蓮太郎はあたしのほうを見ている。

「……何？」

　不機嫌さ丸出しで蓮太郎を睨みつける。

「好きだ……ていうか、好きだったんだ、最初に会ったときから」

「……え」

「ごめん、今までどうしても言えなくて。どうせフラれるとわかってたから……。と、とにかくお幸せに。もう会えないのは寂しいけど……」

　言い終えたときにタイミングよくドアが開き、蓮太郎は逃げるように出て行った。

「バカじゃないの？」

　今までもこういうことは何度かあった。冴えない男子が「気持ちだけでも伝えたくて」って、告白してくる。まったく、勘弁してほしい。

「あ、お疲れっす。じゃないか、結婚おめでとう」

　エレベーターが一階に着くと、菊夫がいた。仙台から帰ってきたみたいだ。

「どうも」

　それだけ言って行こうとすると……。

「俺はもう、サクラのこと仲間だと思ってるから」

　菊夫が背後でそう言った。

「あいつがそばにいてくれたら、どんなに辛いことがあっても、自分が間違った道を行かない気がするからさ」

「だから、何？　あたしも仲間になれって言いたいわけ？」

「できれば。だって、そうしたら……俺も、百合ちゃんと仲間になれるからさ」

「……ったく、もう」

　こういう単細胞でまっすぐな人、ものすごく苦手。あたしは再び菊夫に背を向け、エントランスでピッとＩＤカードをかざした。

「なんなのよ、どいつもこいつも……」

　あー、むしゃくしゃする。

「ちょっと待って！」

　と、サクラの声と、足音がした。

「……しつこいわね、また何か文句？」

　あたしは振り返った。おそらく、ものすごい形相をしているだろう。

「すいません、大事なことを言い忘れて。ＩＤカードを返してもらえますか？」

「……は？」

「人事の仕事なので」

　そう言われ、首から下げていたＩＤカードをはずした。そして、サクラに渡す。

「ありがとうございます」

「もういい？　あたし、忙しいんだけど、今から衣装合わせだから」

「すいません、もう一つ言い忘れたことが」

「……何？」

　舌打ちが出そうになる。

「……最後にふたりで写真撮ってもいいですか？」

「……イヤに決まってんでしょ、友達でもないのに」

　そしてまた歩きだす。

「だったら、せめて……これからいい友達を作ってください。いい仲間とも出会ってください」

　サクラが叫んでいる。

「わたしも頑張って、百合さんみたいな友達探しますから」

　カツカツというあたしのヒールの音が響く。

「お願いします!!」

　サクラが、叫び続けている。

　そして自動ドアが開いた。ここを出れば外だ。だけど、背中に、サクラを感じる。

「……なんで……なんで足が前に進まないの？」

　あたしの足は止まった。足を止めたわけじゃないのに、止まってしまった。

「……なんで涙が出てくるのよ」

鼻の奥がツンとして、涙が溢れてくる。

「いいかげんにしてよ！　いい友達って何よ！　いい仲間って何よ！」

あたしは振り返り、サクラに向かって猛然と歩きだした。

「あんたのせいで、結婚相手には謝らなきゃいけないし、会社にはもう一回働かせてくれって頭下げなきゃいけないじゃない！」

近くまで来て足を止めると、サクラは胸元から封筒を取り出した。『退職願』と、あたしの字で書いてある。

「ちょっと、なんで持ってるの、それ？」

「すいません、気が変わるかもしれないので、今日まで預からせてくれと上司にお願いしました」

「そんなことできるの？」

「はい、人事ですから」

「バカじゃないの？」

「……すいません」

はあ。大きなため息が出た。

「別にいいよ、サクラらしいし」

退職願を受けとり、鞄にしまう。

「何？　どうしたの？　何かついてる？」

サクラは大きな目を見開いて、まばたきもせずにあたしを見ていた。

「いや、今初めて、サクラと呼んでくれたので」

「……そうだっけ？」

「ありがとうございます、百合さん」

「百合」

「……え？」

「さんはいらない、百合でいい」

だって、あたしたちは……本音で語れる友達だから。

「うわ」

サクラは驚き、そしてふにゃ〜っとやわらかい笑顔を浮かべた。

「ありがとう。友達になれて本っ当に嬉しい、百合♡」

なんだそれ、ものすごくかわいいじゃない。

あたしも笑顔を浮かべた。

「あ〜、わかったから写真撮ろうか」

「いいんですか？」

「友達でしょ」

「うん」

　あたしたちはエントランスで顔を寄せ合った。

「はい、どうき」

　サクラがデジカメを持った手をのばして、シャッターを切った。そこには泣き笑いの表情のあたしと、きょとんとしたサクラが映っていた。


　家に帰ると、クローゼットの整理を始めた。中に入っていたブランド物の服を片っ端から取り出し、ビニール袋に放りこむ。両親が部屋に飛んできて、何をしているのかと尋ねてきた。

「お父さん、お母さん、あたし生まれ変わるから」

　あたしは家族カードを両親に差し出した。

　これからは自分の足で歩く。そう決めていた。

＊

　結婚をやめて会社に戻って来たときは、陰でいろいろと言われた。でも仕事で結果を出せばいいと思ったし、部長も腫れ物を扱うようにあたしに接するようになったから、かえってすっきりした。女性に接待を無理に強要するのも、やめてもらった。会社全体でそういう無駄なことを改善していったら、もっといい職場になると思っている。

あの頃、メンタルヘルスケアプロジェクトとかいう不毛なプロジェクトがあってサクラがアンケートを取りに来たときにそんな話をしていたら、

「百合は将来、社長になるかもしれないと思いました」

そんなことを言われたっけ。でもあたしが変われたのは、ほかでもないサクラのおかげだけど。

だけど自分がそんな風に変われるなんて、入社した頃はまったく想像ができなかった。

「あんたみたいに生きられる人間なんか、この世に一人もいないの！」

新入社員時代、研修で何度も橋の模型を作り直そうとするサクラに、あたしは言った。人に対してあんなふうにキレたのは、初めてだった。

「この際だから言っとくけど、あたしたちはあんたのことを仲間と思ってないから。ただの同期入社でたまたま班が同じになっただけ。卵から孵《かえ》った雛が最初に見た相手を親と思いこむみたいに、あたしたちのこと仲間とか言わないでくれる？」

あのときサクラは、寂しそうに帰っていった。

あたしはサクラを初めて傷つける人間になってしまった。そんなあたしが、サクラによって救われて、サクラと親友になって、今は、サクラのように生きたいと思っている。

サクラが望む人生を生きられるよう、どんなことでもする。おじいさんはそう言っていた。サクラが望む人生を生きられるような世の中……自分の思うことを言ったり、空気を読んで、考えを曲げないで、胸を張って生きられる世の中だね。

住民説明会の直前、あたしはサクラに言った。

「でもさ、なんで、サクラばっかりこんな目に遭わなきゃいけないんだろうね？　自分を貫いて生きる人間の宿命なのかな。だったら、神様ってひどいよね」

それがあたしの本当の気持ちだった。

夢とおじいさんを一気に失って、サクラが荒れたとき、純粋だからこそ、苦しみも大きいし絶望も深いのだろうと思った。

葵は荒れるサクラを見て、守ってあげられなかった自分を責めていた。それでいて、

「大丈夫か？　おまえが一番頑張ってたからさ、サクラのために」

と、気遣ってくれた。泣くのを必死でこらえているあたしを、葵はためらいがちに抱きしめた。葵の腕の中はあったかかった。あたしたちは慰め合うように、一晩を過ごした。

それから何度かお互いの寂しさを埋めるように二人だけで会うようになり、やがて、あたしの中に新しい命が宿った。

そして、夢が生まれると、葵は結婚しようと言ってくれた。でもあたしは「やめとく」と言った。あたしは相談もせずに生んだのだし、それに葵は……。

「今でもサクラが忘れられないでしょ？」

尋ねると、葵は否定しなかった。

だから、結婚しなかった。だってあたしはずっと、葵が好きだったし……サクラのことも好きだったから……。

花村建設広報誌

広報部にて置かれ配布もされている社内広報誌。

サクラや百合が取材で奔走した新規採用向けパンフ表紙。本書P72参照。

第三話より

同期の蓮太郎

一カ月ぐらい前、人事部から『ストレスチェックシート』なるものが送られてきた。メンタル疾患のサポートに力を入れることになったらしいけれど、バカバカしいから出していない。そういえば学生時代も『いじめに関するアンケート』みたいなものはあった。でも正直に書いたところで、まともに対応してもらった記憶など皆無だ。

入社して三年半。希望していた設計部に配属されたのに、俺はちっとも成果を上げていない。そのうえ、設計部にまったくなじめていなかった。どの集団に属しても、俺のポジションはだいたいこんな感じだ。

「蓮太郎くんはストレスチェックシートに未回答なので、この場で質問に答えてもらえますか？」

そんなある日、設計図を描いていると、サクラが設計部にやってきた。震災があった少し後、サクラは会社の歴史をまとめる社史編纂室に異動になっていた。なんでも、大事な取引先の専務を怒らせたという理由らしい。詳しいことはよく知らないけれど、結婚退社をするはずだった百合は結局、結婚も退社もやめた。おかげで、勇気をふりしぼって百合に思いを告白した俺はバカみたいだった。ま、元気にバリバリ働いている百合の中では、俺の一世一代の告白などすっかり忘れられているようだけれど。

一年半、社史編纂室にいたサクラは今日、人事部に戻ってきたという。そしてさっそくメンタルヘルスケアプロジェクトの担当になったらしい。

「あのさ、メンタルヘルスケアとかやる必要あるわけ？」

いちいちクソ真面目に取り組むサクラに、イラついてしまう。

「わたしもそう思いましたが、一人で悩んでいる人もいるみたいなので」

「俺は別に悩みないから」

「じゃ、『ない』でいいですか？」

サクラは用紙に丸をつけている。

『相談する人はいますか？』

「そんなのいなくても大丈夫だから」

笑ってしまうほどバカバカしい。

「それは『いない』ってことでいいですか？」

サクラはまた丸をつけようとしている。

「いいかげんにしろよ！　どうせ、会社だって、こんなのコンプライアンスのためにやってるだけで、本当は社員のことなんか考えてないんだから」

思わず声を荒らげた。作業をしていた設計部員たちが、いっせいに俺を見る。

「どうしたんですか、なんだかピリピリしてるみたいですけど」

サクラが俺に尋ねたとき、先輩社員の上林《うえばやし》が椅子に座ったまま近づいてきた。

「今年も一級建築士の試験に落ちたから、落ち込んでるんだよな、土井」

上林がポンと俺の肩をたたく。

「大丈夫ですよ、先輩。来年はきっと受かりますから」

わざわざ席を立って冷やかしに来たのは後輩の松下《まつした》だ。こいつは一発で一級建築士試験に合格したので、こうしていつも俺に嫌味を言ってくる。

「おい、飯行くけど、誰か行くか？」

奥のデスクにいた竹田《たけだ》部長が部内を見回した。すると、上林たちをはじめ、設計部の全員が「行きま〜す」と、立ち上がった。

「土井はどうする……あ、どうせ行かないか」

俺の返事を待たずに、竹田部長はみんなを引き連れて笑いながら出て行った。だったら聞くなよ、とパソコンに向き直る。サクラはその様子をじっと見ていた。

「なんなら、食事しながらこのつづきをしませんか？　近くにおいしいラーメン屋を見つけ……」

「悪いけど、俺、ラーメンだけは死んでも食わない」

俺は自棄《やけ》気味に答えた。

「どうしてですか？」

「……いいだろ、そんなの。今度、再来年着工予定の商業施設の社内コンペがあるから、忙しいんだよ今」

外部の音を遮断するためにいつもつけているイヤホンを装着して、ふたたびパソコンに向かう。

「……じゃあ、これ、明日までにお願いします」

サクラはアンケートを置いて出て行った。


自宅が見えてきた。俺は顔をしかめながら『土井ラーメン』ののれんをくぐった。

「おかえり〜」

カウンターの中から、父親が、そしてカウンターでラーメンを食べていた弟の伸二郎《しんじろう》が声をかけてくる。伸二郎は大学から帰ってくるとほぼ毎日ラーメンを食べている。小学校時代から大学生の現在までずっとサッカーをやっている弟は、俺とは正反対の性格と体格をしている。俺は三月生まれで、小さい頃は背も低かったから、ずっと同級生からいじられる存在だった。体育よりも図工が得意だったし、小学六年生で任天堂64がブームになってからはゲームが友達だった。

「おかえり。ちょっと、顔色悪いけど大丈夫？　ちゃんと食べてる？　ラーメン作ろうか？」

母親が尋ねてきた。

「いい、食べてきたから」

顔をしかめながら、二階に上がろうとしていると、電話がかかってきた。父親が受話器を取る。

「チャーシューメン三つですね。毎度ありがとうございます！」

「あ〜、なんで注文受けちゃうの、お父ちゃんは。もうお店終わりなのに」

母親が、電話を切った父に文句を言っている。

「だって、うちのラーメンの大ファンだって言うからさ……」

「いいよ、俺、出前行ってくるから」

ラーメンを食べ終えた伸二郎が立ちあがった。コイツは昔から率先して店を手伝っていた。我が弟ながらまったく気持ちがわからない。


俺はさっそくラップトップを立ち上げて、設計図を描き始めた。でも集中できずに、くるりと椅子の向きを九十度変えてデスクトップパソコンの画面を見た。『チームはきだめ』の掲示板に『RENさんが参加しました』と表示される。

『うちの部の同僚が、どいつもこいつもバカばっかりで、マジ殺したくなります』

キーボードを打ち、送信ボタンをクリックした。

『同感！　俺のところもホント酷《ひど》い』

すぐに書き込みがあった。

『会社もメンタルヘルスケアなんかやってる暇あったら、あいつらみんなクビにしろ』

キーボードを打ったところに、階下から家族の賑やかな笑い声が聞こえてきた。イライラが増して、イヤホンを耳にねじこむ。

『家族もみんなウザくて、こんな家早く出て、一人暮らししてえ』

高速でキーボードを打って、勢いよく送信ボタンを押した。

翌朝、出勤すると、エレベーターホールの手前にサクラがいつものように直立不動の姿勢で立っていた。とっさに近くにあった社長の銅像の陰に身を隠す。と、出勤してきた百合がサクラに気づいて、中に入らないのかと声をかけた。

「蓮太郎くんだけメンタルヘルスケアのアンケートを出してないので、待ってるんです」

やっぱりアイツ、俺を待っていたのか。

「そうなんだ」

「それに、少し心配で。設計部で浮いてるみたいだし」

サクラにも気づかれるほど、俺は浮いていたか、と、複雑な思いでいると、葵が歩いてきた。

「何やってんだよ、おまえら?」

「サクラが蓮太郎くんのことが心配なんだって」

「あ〜、聞いた。あいつまた一級建築士の試験に落ちたんだろ? 大丈夫かな?」

よけいなお世話だっつーの。てか、なんで俺が試験落ちたのみんな知ってるんだよ。

「とか言って、面白がってない、あんた?」

百合が言う通り、葵は楽しそうに笑ってる。

「なわけないだろ、大切な同期の仲間なんだから」

否定してるけど怪しいものだ。だいたいイケメンでアメリカの大学出身で、社長になりたいと屈託《くったく》なく口にする葵って、どれだけ明るい人生送ってきたんだよ。学生時代、同じクラスだったら絶対仲良くならないタイプだ。

「昨日から電話しても出てくれないので、悪いけど、百合、わたしのかわりに電話してもらえませんか？」

サクラは百合に携帯を渡そうとする。

「ちょっと勘弁してよ、勘違いされたら困るし。去年好きって言われたのよ、会社辞めるとき」

うわあ、一番言ってほしくないことを、あんなにも簡単に口にしてるし。

「うそ？　それでおまえどうしたの？」

葵が尋ねる。

「どうもしないわよ、あれ以来、ほとんど会ってないし」

それは、俺が百合と顔を合わせるのを避けているからだ。

「何やってんだよ、蓮太郎！」

いきなり背後からバシッと叩かれた。菊夫だ。しかもでかい声。この底抜けに明るい体育会系人間、菊夫も苦手だ。

「バカ、シッ……」

と、菊夫を黙らせようとしたけど、無駄だった。

「お、おお！　どうしたの？」

菊夫はサクラたちに気づいて手を振りながら歩いていった。俺もサクラたちと目が合ってしまう。ああもう、サイアクだ。見つかってしまったなら仕方がない。でも挨拶はしないぞ。素知らぬ顔でゲートのほうに歩いていくと、サクラが近づいてきた。

「蓮太郎くん、アンケートは書いてもらえましたか」

「うるさいな、後でやっとくから」

「お願いします」

頭を下げているサクラとみんなにひとこと言いたくなって、俺は足を止めた。

「俺のことなら心配しなくて大丈夫だから。一級建築士に落ちたのは仕事が忙しくて勉強する暇がなかったせいだし、つ……月村に好きって言ったのは、あれは冗談で。それに、今日社内コンペがあって、けっこう自信あるんだ、俺」

そしてそのまま、ドアが開いたエレベーターに飛び乗り、閉じるボタンを押した。


昼休み『喫茶リクエスト』で『山口県大型商業施設設計プラン』の最後の仕上げをした。サンドイッチを食べながら見直してみると、なかなかいいできばえだ。腕時計を見ると一時五分前。そろそろ時間だ。小走りで会社に戻り、社内コンペが行なわれている会議室に飛び込んだ。

「遅れて、すいません」

ドアを開けると、中は机と椅子が整然と並んでいるだけで、誰もいなかった。照明も消えている。

「え？」

時計を見ると、まだ一時をすこし過ぎたところだ。俺は、スマートフォンを取りだして『竹田部長』の連絡先を表示し『通話』をタップした。ここ最近みんなスマホに替えているけれど、俺は数年前からそうしていた。よく行くチャットや2ちゃんねるの住人の間で博識だと思われたいから、最新機器情報には敏感だ。

「もしもし、あの……コンペどうなったんですか？」

「終わったけど、もう」

竹田部長の声はそっけない。

「え？　でも、一時からじゃ……」

「あれ？　伝えてなかったっけ？　二時間早くなったの」

そう言って、竹田部長はさっさと電話を切った。俺はその場に立ちつくした。

いったいどういうことなんだ……。ショックと虚脱感とむなしさ、そして不信感を抱きながら、ふらふらと設計部に戻ってくると、ドアの外にサクラが立っていた。

「アンケートを受け取りに来ました」

「しつこいんだよ、もう」

足を止めずに設計部に入っていったが、サクラはついてきた。ドアを入っても、デスクが並ぶ場所までには短い通路がある。

「どうだったんですか、コンペは?」

どうもこうも……。サクラを無視していよいよ中に入ろうとすると、上林たちの笑い声が聞こえてきた。なんとなく嫌な予感がして足を止めた。

「部長もひどいですよねー。コンペの時間変更になったの伝えないなんて」

「あいつのデザインなんて、どうせ見るだけ無駄だからさ」

竹田が言う。

「トロいんですよね、仕事も。あの人、大学も二浪してるんでしょ」

松下は笑っている。たしかに俺は二浪だ。しかも第一志望の国立に落ちて、私立大学に通って親に負担をかけた。しかも弟は現役で国立千葉大学に入学したから、俺はその時点で十分負い目がある。でも、松下にバカにされることはない。

「もう少ししたら異動させるから。何考えてるかわからないし、たいした戦力にもならないから」

竹田が言うと、みんなからどっと笑い声が起こった。

ふざけんなよ。たしかに俺はまだこの部ではたいした戦力にはなってない。だから頑張っているんだろうが。それなのにコンペの時間変更を教えないってことはスタートラインにも立たせないってことだ。そんなことがまかり通っていいのか? みんな笑ってるけれど、誰も竹田部長の行ないがおかしいと思わないのか？　歯を食いしばり、ぎゅっと拳《こぶし》を握りしめた。そんな俺の視線の先に、備品が置いてあるのが目に入った。そこには大型のカッターがある。俺は反射的に手に取り、刃を出した。

「ちょっと、何する気ですか」

サクラの声がわずかに震える。

アイツらをぶっ殺してやるんだよ。そう言いたかったけれど言葉にはできず、俺はサクラの顔を見たままパクパクと口をあけた。そして、中に入っていこうとした。

「やめてください、そんなことしたらクビじゃすまないですよ」

サクラは、カッターを持った俺の手首をつかんで止めようとする。

「別にもう、どうなったっていいし」

「そんなこと言わないでください。同期のみんなも悲しむし」

「あいつらだって、俺のことなんか仲間と思ってないって」

「そんなことないです」

振りほどこうとしても、サクラは小柄なわりには力が強い。

「ああもう！　邪魔すんなよ！」

思いきり払いのけようとすると……。

「痛デエ！」

サクラが叫んだ。

「あ……」

サクラと俺と、同時に声を上げ、顔を見合わせた。サクラは手を押さえている。そこからまっ赤な血がポタポタと落ちている。俺が切ってしまったんだ。血を流しているのはサクラなのに、俺の全身から血の気が引いていく。

「大丈夫です、たいしたことないので」

サクラは怪我をしていないほうの手で上着のポケットからハンカチを出し、傷口をおおった。

「おい、何やってんだ？」

竹田たちが出てくる気配がした。俺はとっさに逃げ出した。

会社からまっすぐ家に戻った。どうやって帰ってきたかは覚えていない。気がつくと昼の営業をそろそろ終えようとしている店の中にいた。

「もう会社には行かない」

親たちに宣言して二階に上がり、部屋に籠もった。デスクトップを立ち上げて、ずっとチャットをしていた。何かを吐き出していないと頭がおかしくなりそうだった。

コンコン、と、ノックの音がして、ハッと顔を上げた。カーテンを閉めっぱなしだから、時間の経過もわからない。

「うるせえな、部屋に来るなって言ったろ！」

パソコンの画面に向かったまま返事をすると、

「蓮太郎くん、サクラです。ちょっといいですか」

聞こえてきたのがサクラの声で、一瞬ここがどこだかわからなくなって動揺する。サクラのことは気になっていた。というより、サクラのことが、気になっていた。怪我をさせてしまったことを何より後悔していたし、逃げてきた自分がイヤでたまらなかった。そのくせ、サクラに関わるのが怖くて連絡もできずにいた。でも……。俺は立ちあがり、ドアを開けた。サクラはいつもと同じように、姿勢を正して立ち、まっすぐにこっちを見ていた。

「……手は？」

「五針縫いましたが、大丈夫です」

「なら、いいけど……」

そうじゃない。謝らなくちゃいけない。なのに言葉が出てこない。ためらいながら、部屋に戻り、慌ててチャットの画面を閉じて、パソコンの前の椅子に座る。

「そんなことより、もう会社に来ないっておっしゃったんですか？　お願いだから、考え直してもらえませんか？　会社にはまだこのことは言ってませんから」

サクラは包帯を巻いた手を上げた。怪我をしたのが左手だとわかり、ほんの少しだけホッとする。

「俺さ、転職しようかなと思って……」

　机の前の椅子に腰を下ろして、呟いた。

「これからはＩＴ関連で起業したほうが儲かるんだよ。自分のやりたいこともできるし、会社なんか行かないで家で仕事できるし。実は、昔からいろいろアイディア温めてたんだ、パソコンのインタラクティブな機能を生かして、いろいろなユーザーにソリューションサービスを展開するとか」

「すいませんが、もう一回お願いできますか？　ちょっと最後のほうがよく理解できなかったので」

　サクラはリュックを下ろして、中からメモを出す。

「もういいから帰れよ。あんな会社もうウンザリなんだよ。みんなバカばっかりで、くだらないイジメなんかして」

「でも、設計が好きなんでしょう？　コンペのために一生懸命設計図を描いてたじゃないですか」

「そうだけど……」

「できたら、見せてもらえませんか？」

「……そこにあるけど」

　投げやりな言い方をしながらも、誰かに見てもらいたい、そんな気持ちがあった。俺は部屋の中に適当に放り投げておいた設計図を指した。

「失礼します」

プレゼン用になっている用紙の束を拾い上げたサクラは『山口県大型商業施設　設計プランエッグポット（仮称）』と書かれた表紙をめくる。

「……これはすごいコンセプトですね、こんなデザインの商業施設見たことありません」

サクラは『ここは、みんなが生まれる場所』という、全体図が描いてあるページを凝視している。卵型の建物だから、みんなが生まれる場所なのだ。いや逆だ。みんなが生まれるから、卵型の建物なのだ。

「……だろ？」

うれしくなって立ち上がり、サクラのそばに行って一緒に設計図をのぞきこむ。

「ただ、現実的に作るとなると、問題点が多すぎます。まず、全面ガラス張りで陽の光が入って明るいのはいいのですが、直射日光で温度が上がりすぎてしまうので、光熱費がかかりすぎてしまいます。それに、入り口が狭いので、地震や火事が起こったときに人が押し寄せたらみんなパニックになってしまいます。それに、訪れた人をどこに誘導したいのかわかりにくいので、みんな迷ってしまいそうです。それには、この施設のシンボルとなる場所か建物が必要なのですが、それがどこなのかさっぱりわからないし……」

「あ〜、もういい。もう少し気を遣ってものが言えないのかよ？」

腹が立ってきて、サクラの手から設計図を取り上げた。

「すいません、ウソをついたことがないので……」

「なんだよ、それ？　あ～、もう、いいから帰ってくれよ」

俺はサクラの背中を押して、開いていたドアから廊下に出した。

「お願いですから会社に来てください。ご両親も心配なさってるし」

「あんなラーメン作ってるだけでニコニコしてるような奴らに、俺の気持ちなんかわかるわけないし」

「……どういう意味ですか？」

「父親は一流企業のエリートだったのに、自分がやりたいことやるんだとか言って、いきなり脱サラしてラーメン屋始めるし」

父親と母親は一流企業で働いていた先輩後輩だった。結婚してからは、母親は仕事をやめ、パートに出ていた。父親は俺が中一の頃、脱サラをして『土井ラーメン』を開いた。「なんで高収入を捨ててラーメンだよ！　バカか！」。俺は思わず叫んだ。それ以来、家族から孤立した存在になった。

「母親も反対するかと思ったら『お父ちゃんの夢かなえよう』って張り切ってるし、弟は弟で毎日うまいうまいってラーメン食って、出前とか手伝ってるし……。なんなんだよ、もう。朝ドラの仲良し家族かよ」

「だから、ラーメンが嫌いだったんですね？」

その通りだ。家をラーメン店にした父親を軽蔑していたし、ラーメンが大嫌いになった。それなのに、毎日店を通らないと家に入れない。店の入り口と家の玄関は別に作ってほしかったとつくづく思う。俺が設計して、家をリフォームしたい。何度頭の中で設計図を描いたことだろう。

「俺は、一刻も早くラーメンの臭いが染みついたこの辛気臭い家を出て、一人暮らししたいんだよ」

「わたしはいいにおいだと思いますが。それに、家族の悪口はあまりよくないと思いました」

「うるさいな、早く帰れよ」

俺はドアを閉めようとした。

「お願いだから考え直してもらえませんか？　いつでも相談に乗りますから、仲間なんだし」

「だから、俺は仲間なんかいらないんだよ！」

サクラを突き飛ばし、ドアを閉めた。

「……じゃあ、また明日」

ドアの外から、サクラの声が聞こえてきた。


それから俺は、会社に行かなかった。連絡もしていない。つまり無断欠勤だ。どうせ設計部の戦力にもなってないのだし、みんなは俺のことなど忘れているか笑い飛ばしているだろう。

『設計部　土井蓮太郎様　お疲れさまです。まだストレスチェックシートも未提出ですし、もう一度会ってお話ししたいです。すみませんが、ご返信お待ちしております。人事部　北野桜』

サクラからは毎日メールが送られてきた。だけど返信はしていない。

数日後の夜、サクラがやってきた。

「蓮太郎くん、サクラです。ご両親から聞きましたが、今日も部屋から出てこなかったんですね？」

問いかけられたけれど、俺は返事をしなかった。

「あの、今日は、同期の仲間に来てもらったので、話を聞いてもらえませんか？」

同期を連れてきた？　アイツらを？

「えっと、菊夫だけど、元気？　元気じゃないか？　あ、とにかく、ほら、サクラも心配してるし、会社辞めるなんて言うなよ」

単細胞を絵に描いたような男。コイツが現役で大学に入ってるっていうのが信じられない。でも背は高いし、応援団卒の爽やかな好青年だし、スペックは高い。

「なあ、頼むから出て来いよ。そうだ、酒でも飲みながらいろいろ話さない？　愚痴《ぐち》ならいっくらでも聞くからさ。なっ？　そうしようぜ！　俺たち仲間なんだし」

『ウソつけ、俺のことなんか仲間と思ってないくせに』

俺はスマホでメッセージを送った。サクラ以外の同期はみんなスマホに替えている。

「どうしたの？」

百合の声が聞こえてくる。

「蓮太郎からメールが」

菊夫がスマホの画面を見せているみたいだ。しかしそんなやりとりが聞こえてくるなんて、このドアはどれだけ安い素材を使っているのか。

「そんなことないよ！　俺、おまえのことけっこう好きだから応援してるし！」

菊夫の声が聞こえてきた。

『じゃ、俺のどこが好きなんだよ？』

俺はすぐに返信した。

「それは、設計が好きで……それから……設計が好きで……」

菊夫は、困っているようだ。おそらく百合やサクラに助けを求めているのだろう。

「とにかく設計が好きで……あ〜、だから、なんていうかその……」

『別にいいよ。俺もおまえの好きなとこ一つもないから』

俺は返信した。

「どういう意味だよ？　人がせっかく気を遣ってやってんのに！」

菊夫が怒っている。

「交代しましょう、お願いします、百合」

サクラが百合を促している。少しドキリとしてしまう自分が情けない。

「蓮太郎くん、あたしも広報でランチとか飲み会につきあわないと、陰口たたかれたりするから、あなたの気持ちわかるけどさ、他の人の顔色気にしても仕方ないよ。それに、言いたいことあるならハッキリ言わないと。前から思ってたけど、普段からもっと人とコミュニケーション取ったほうがいいよ。それでなくても、一見暗くてとっつきにくいんだから」

ああ、やっぱりそう来たか。一瞬でも胸を高鳴らせた自分がむなしい。

『どうせ俺はなんの取り柄もない暗くてダメな人間だよ』

俺は百合にメッセージを送った。

「だーから、こういう風にウジウジメールするのもやめたら？　こんなだからダメなのよ、あんた！」

ドン！　とドアを殴る音が聞こえてきた。

「あ〜、落ちついて、百合ちゃん」

「そうですよ、途中まで良かったのに」

菊夫とサクラがなだめている。

「あ〜あ〜、何やってんだよ、おまえら」

そのとき、階段を上がってくる音と葵の声がした。

「葵くん、来てくれたんですね」

サクラが言う。

「どうせ、こんなこったろうと思ったからさ」

片手をポケットに突っ込んだ葵が、高級ブランドのクロコ型押しのビジネスバッグを、肩に担ぐように持って現れる様子が目に浮かんできて腹が立つ。

「だったら、あんたが説得してみなさいよ」

百合が挑発する声が聞こえる。

「任せとけって」

葵がドアの前に立つ気配がした。

「蓮太郎、結局おまえの問題点はさぁ、ストレスをちゃんと発散させてないことなんだよ。今度一緒にキャバクラでも行くか？　彼女がほしいんだろ？　俺がいい女紹介してやるよ。そうだ、ゴルフ始めたら？　心配するなよ、俺が教えてやるから。この前80切ってさ、みんなに上達早いってほめられちゃって……」

返信しようと思ったけれど、手を止めて勢いよくドアを開けた。

「俺はおまえのことが一番嫌いなんだよ。いつも偉そうに！」

それだけ言って、すぐにドアを閉めた。

「俺だって、おまえのことなんか最初から嫌いだよ。大っ嫌いだよ！　あ〜、辞めちまえ辞めちまえ、会社なんか！」

葵が俺を罵倒する。やっぱりそれが本音だろ。

「やめなさいよ。あんたに関しては蓮太郎くんの気持ちわかるし」

「おい、どういう意味だよ、それ」

百合と葵が言い合いになっている。

「あ〜、落ちついて、二人とも。どうすんだよ、サクラ？　このままじゃ逆効果だけど」

菊夫がサクラに助けを求めている。

「蓮太郎くん、今日部長に言われました。明日までに会社に来なかったらクビになってしまうって」

サクラの話を、俺は、ドアに寄りかかるように座って、聞いていた。

「本当にいいんですか、このままで？　百合も、菊夫くんも、葵くんだって、本当は心配だから来てくれたんです。蓮太郎くんのこと仲間だと思ってるから」

「だから〜、もう青春ごっこみたいなこと言うのやめてくれないかな。仲間だったら、チャットの掲示板とかでいくらでもいるし」

そう。会社に行かなくなってから、俺は一日中チャットをしている。俺のことをわかってくれる奴らはいっぱいいる。

「でも、そんなの本当の友達では……」

「いいからもうほっといてくれよ。どうせ、おまえらなんかに俺の辛さがわかるわけないし」

俺が言うと、サクラは黙りこんだ。

「俺はもうあきらめてるから、自分のことを本当に理解してくれる友達ができること。俺だってそういう奴らの真ん中に立って、胸張って歩くのが子どもの頃から夢だったけど、そんなの一生無理みたいだし」

「そんなこと言わないでください。それに、設計はどうするんですか？　好きなんでしょう？」

サクラの言葉に一瞬、動揺しつつも、それを隠すように自虐的に笑った。

「どうせ、俺には才能なんかないから。おまえだって、この前設計図見てわかったろ？」

「でも、今から頑張れば」

「そんなことしたって無駄だって。一級建築士の試験も二年続けて落ちたし、昔から何をやってもトロいんだよ俺は。大学も二浪して、第一志望も第二志望も受からなかったし」

現役時代、第一志望は国立の東工大。模試の結果では合格できるかも？　と、手ごたえはあったのに、試験前日に風邪をひいてしまい、ダメだった。翌年は腹痛でやっぱり受験は失敗。俺はとことん運がない。二浪の末、結局東工大は受験前日にほとんど眠れず、実力を発揮できずに不合格。第二志望にも落ちてしまい、第三志望だった私大の工学部建築学科に入学した。

「でも、うちの会社には入れたじゃないですか？」

たしかに、就職だけは、うまくいった。しかも希望していた部署に配属された。ようやく俺にスポットライトが当たったかと思った。

「そのときは何か変わるかなと思ったけどさ。設計部に入ったら、誰も俺のことなんかわかろうとしないし、結局、うちの会社に入ったのも失敗だったんだよ。もう二度と失敗したくないから、一生この部屋にいるよ。困ったことがあっても、ネットで検索すればすぐ解決するし、どうせ人類も、もうすぐ地球温暖化で滅亡するんだし」

「……どうするんだよ、サクラ」

菊夫が言うのが聞こえた。サクラはしばらく何も言わなかったけれど……。

「新人研修は、楽しくありませんでしたか？」

突然、言った。

「蓮太郎くんは、わたしが何度無理な注文をしても、あきらめずにあの橋を設計してくれたじゃないですか。わたしはあの橋は本当に素晴らしいと思いました。自分は将来こういうものを作るためにに、花村建設に入ったんだと思いました。蓮太郎くんもそうでしょう？　あなたには、才能があります。今は辛いかもしれませんが、あきらめないでください。伊能忠敬《いのうただたか》が日本地図を作り出したのは五十五歳のときです。やなせたかしさんのアンパンマンが人気が出だしたのも五十代後半です。遅咲きの花でもいいじゃないですか？　花村建設を背負うデザイナーになってください、お願いします」

サクラが一気に言うと、ドアの外がシンと静かになった。俺は、サクラの言葉を噛みしめた。

そして、ゆっくりとドアを開けて顔を出した。

「蓮太郎くん」

サクラの顔が、目の前にある。菊夫は真剣な表情で、百合は冷たさを感じるほどの整った顔で、そして葵はどこか面白がるように、俺を見ている。

「もう設計もやめるから、俺」

俺はくしゃくしゃに丸めた紙を廊下に投げ捨て、ドアを閉めた。この前コンペに出そうとしたエッグポットの設計図だ。廊下はまたしばらく静まりかえっていた。

「あーそうですか。了解でーす。全然大丈夫でーす」

サクラの声がした。驚くほどの棒読みだ。普段からサイボーグのような不思議な話し方だけれど、それ以上に抑揚《よくよう》がない。

「どうぞ、その部屋に一生引き籠もって、ジャンクフードでブクブク太って、ネットのやり過ぎで目もやられて、孤独死でもしちゃってください。じゃあ、ご機嫌よう、さようなら」

サクラがスタスタと歩いていく足音が聞こえる。

「あ~、サクラ、どうしちゃったんだよ?」

「おまえが見捨ててどうするんだよ?」

菊夫と葵が追いかけて階段を下りていく。

「キレると、心のシャッター閉めちゃうんだ……」

最後に聞こえたのは、百合の言葉だった。


今がいったい朝なのか夜なのか、よくわからない。チャットをしたり、ゲームをしたり、腹が減ったら、買い込んであるスナック菓子を食べて過ごしていた。

「ったく……」

格闘系のゲームをしていたところ、KOされて『LOSER』の画面が出た。コントローラーを放り投げて何気なくスマホの画面を見ると『北野サクラ17件の不在着信』とある。

時刻は十二時五十分。会社は昼休みだ。画面をタップしてみると、サクラから数分おきに電話が入っていた。と、そのとき突然スマホが鳴った。

「……ビックリしたぁ」

ビクリとしながら画面を見ると『月村百合』だ。一瞬ためらいつつも、応答を押す。

「……もしもし?」

「あ、蓮太郎くん? サクラがたいへんなんだけど」

百合の声は焦っている。

「……たいへんって?」

「今から設計部に殴り込みに行くとか言って」

殴り込み? 電話を切った後、しばらく迷っていた俺は、のろのろと立ち上がった。

しばらくの間、トイレに行くぐらいしか歩いていなかったし、スナック菓子しか食べていなかったから、かなり体力が落ちていた。ふらつきながら設計部に行くと、百合と菊夫と葵が心配そうに通路に立っていた。

「なあ、サクラは？」

「中で食ってかかってる、おたくの部長に」

百合がパーテーションの向こう側を指した。

「え？」

中をのぞいてみると、サクラが竹田部長のデスクの前に立っていた。

「これは、この前のコンペのとき、部長がウソの時間を教えたせいで、提出することができなかった、蓮太郎くんの商業施設の設計図です」

サクラは腰を二つ折りにして、くしゃくしゃの紙の束をさしだした。俺が廊下にいたサクラに投げつけた設計図だ。時間の変更を教えなかったことを指摘された竹田部長は、気まずそうに顔をそむけている。

「最初にこれを見たとき、非常に独創的なデザインだけど、欠点がたくさんあると言って、蓮太郎くんを怒らせてしまいました。でも、その後、彼はこちらが指摘した個所を密かに直してくれていたんです。これを最初に見た瞬間、もし、この商業施設が完成したら、花村建設が未来に誇れる建物が生まれると思いました」

アイツ、俺が描きかえたことに気づいてたのか。ていうか、あの投げつけた設計図を、持って帰って見てくれたんだ……。

「同期の仲間に見せたら、もっとこうしたらいい、ああしたらいいと次々意見が出てきました。

広報部の同期はセンスがいいので、心躍るようなファッション性を加えてくれましたし」

サクラは、俺が描いた外観のデザインに、百合の指摘を書いたピンクの付箋を貼られたものを竹田部長の机に置いた。俺が意外な思いで百合のほうを振り返ると、すぐに目をそらされた。

「営業の同期は、今までのお客様と接したノウハウを生かして、利用する人が便利で快適だと感じる空間にかえてくれました」

今度は『内部イメージ』のページを置いた。そこには菊夫のアドバイスを書いた黄色や青の付箋が貼ってある。菊夫を見ると、親指を立てて、おどけた表情をしてくる。

「都市開発部の同期は、日頃鍛えた雄弁な才能を生かして、この施設のシンボルとなるキャッチコピーを考えてくれましたし」

そして今度は『ここは、みんなが生まれる場所』という俺が考えたコピーが載っているページを置いた。そこには葵が考えた『エッグゲートをくぐってあなたの殻を破ろう』『巣立ち～あなたの旅立ちをここから～』『殻を割り自由に羽ばたこう』などの数案のキャッチコピーが書かれている。葵を見ると、ニッと笑った。

「蓮太郎くんの設計には、たくさんの人の発想を刺激し、いろいろなアイディアを無限に引き出す可能性があるんです」

サクラは淡々と話し続けたが、竹田部長は腕を組んで黙りこんでいる。

「蓮太郎くんは今、自信をなくし、自分の欠点ばっかり気にして、自分の長所を見つけられなくなっています。でも彼にはどんなに時間がかかっても、あきらめない粘り強さがあります。こっちの無茶な要求にも応えてくれる柔軟性と応用力があります。新人研修のとき、わたしと同期の仲間は心からそう感じました。それはデザイナーにとって、欠かせない資質なのではないでしょうか？」

「いいかげんにしてくれ。他の部署の人間が口を出す問題じゃないんだよ！」

竹田部長はサクラが差し出した設計図を脇によけ、立ち上がった。

「そんなこと言わず、ちゃんとこれを見ていただけませんか？」

サクラは竹田部長の前に回って設計図を渡そうとする。

「忙しくて、こっちはそんな暇ないの」

「仕事の邪魔だから帰ってもらえますか？」

上林と松下が近づいていって、両側からサクラの腕を引っ張りはじめる。

「わたしには夢があります。ふるさとの島に橋を架けることです」

「は？　何言ってんだよ、おまえ」

上林は足を止め、サクラの顔をのぞきこんだ。

「わたしには夢があります。一生信じ合える仲間を作ることです」

「ちょっと、意味がわからないんですけど」

松下はバカにしたように笑っている。

「わたしには夢があります」

腕を解《ほど》かれたサクラは、ふたたび竹田部長の前に歩いていった。

「その仲間とたくさんの人を幸せにする建物を造ることです」

「はい、帰りましょう」

上林と松下がサクラの腕を乱暴につかんで追い出そうとした。俺は思わずダッシュして中に飛び込んでいき、上林たちの前に立ちはだかった。

「なんだよ、おまえ?」

「なんか文句でもあるんですか?」

上林と松下が俺を睨みつけてくる。

「今まで、本当にすいませんでした」

俺は深々と頭を下げた。

「みなさんが知ってるように、俺は、本当に最低な奴でした。どうせ、自分のことをわかってくれる人間なんかいないってネガティブにばっかり考えて、物事がうまくいかなかったら全部周りのせいにして、人の話に耳を塞《ふさ》いで、自分で勝手に孤独の世界に閉じこもってました」

そして顔を上げて、

「でも、俺にもやっとひとつ、夢ができました!」

と、宣言した。

「いつか同期のサクラに認めてもらえるようなものを絶対作ってみせます。誰よりも建物を愛して、誰よりも仕事に厳しい彼女に、俺のデザインを見て、心から笑ってもらえるよう頑張ります。そのためなら、どんなに失敗しても絶対にあきらめません。何年かかっても一級建築士になってみせます。どんなに辛くても、二度と人のせいにしません。どんなにバカにされても逃げません」

設計部の奴らは冷ややかだった。でもサクラはまっすぐに、俺を見つめていた。

「だから、今日からまたみなさんと働かせてもらえませんか。お願いします」

俺はふたたび、頭を下げた。

「それは無理です」

そう言ったのは、サクラだ。

「え？　なんで？」

思わず、素に戻って質問してしまった。

「だって、バッグも何も持ってないじゃないですか」

サクラは冷静に言う。

「……あ、あの、じゃ、今から帰ってすぐ持ってきますんで」

俺は唖然とする竹田部長たちを残し、設計部を飛びだした。

と、通路にいた三人が、俺に笑いかけてきた。すぐにサクラもやってくる。

「ありがとう、サクラ」

俺はぎこちなく言い、サクラを見た。

「蓮太郎くんに負けないように、どんなに辛くてもあきらめずに頑張ります♡」

サクラはふにゃ〜っとやわらかい笑顔を浮かべながら、俺に設計図を渡した。

「いや〜、やっぱ、俺たち五人は最強だな」

葵が俺の肩に手をまわしてきた。

「あんた、たいしたことしてないでしょ？」

百合が突っ込んだが、葵は「失敬な」と、笑っている。俺たちはそのまま、エレベーターに向かって歩きだした。

「蓮太郎、真ん中だろ」

菊夫が端っこを歩いている俺を五人の中央に入れてくれた。

「そうだよ！」

葵が俺の尻をはたく。

「ありがとう、みんな。ごめんな、この前はひどいこと言って」

俺はみんなの顔を見回した。

「いいから胸張れって」

「そうよ」

葵と百合が言う。俺はサクラから受け取った設計図を手に、五人の中心を歩いた。

まるで青春ドラマみたいで照れくさい。

「♪もし自信をな〜くして、くじけそうにな〜ったら、いいことだけ、いいことだけ思いだせ〜」

菊夫が上機嫌で歌いだした。

「あ、なんだっけそれ?」

尋ねる葵に、サクラが「『アンパンマン』です」と答えた。

「……♪もし、自信をな〜くして、くじけそうにな〜ったら……」

ためらいながら、俺も歌いだす。

「♪いいことだけ、いいことだけ思いだせ〜」

続きは、五人で声を揃えて歌った。

荷物を取ってきた俺は、終業時間まで働いた。仕事を終えてロビーに出てくると、癖で襟元《えりもと》に手をのばし、イヤホンを耳に入れようとした。

いや、でも……。俺は思い直してイヤホンをしまい、歩き出した。


「……ただいま〜」

帰ってくると、今日も、両親は忙しく立ち働いていた。

「お帰り〜。遅かったね。お腹すいてない?」

母親は、何事もなかったように尋ねてくる。

「あ、えっと……」

　なんだか気恥ずかしくて目線を泳がせていると、サクラがラーメンを食べていた。

「何やってんだよ、サクラ？」

「毎日来ているうちに、ここのラーメンの大ファンになってしまって」

「……そうなんだ」

　二階へ上がりかけた俺は、ふと思い立って振り返った。

「俺も食べようかな」

「ウソ、今まで食べたことないのに、兄ちゃん」

　カウンターにいた伸二郎が驚きの表情を浮かべている。父親と母親もだ。

「はいはい喜んで！　お父ちゃん、ラーメン！」

　母親は笑顔になると、カウンターの中の父親に声をかけた。

　サクラの向かい側の席に腰を下ろすと、ラーメンが運ばれてきた。いったいいつ以来だろうか。

　ラーメンをすする俺を、両親と弟が心配そうに見つめていた。

「……うまい」

　思わず声を上げた。そんな俺を見て、三人は嬉しそうだ。

「ご両親は、このラーメン一杯を食べた人が、ほんの少しでも幸せになるように願いながら、出しているそうです」

もう食べ終わりそうになっているサクラが言う。

「え？」

そんな話、聞いたことはない。俺は驚いて、両親を見た。

「わたしは横っ面を張られたような気がしました。建物のほうがたくさんの人を幸せにできると思い上がっていたから」

サクラはそう言うと、改めて俺を見る。

「負けられませんよ、わたしたちも」

「……そうだな」

俺たちはうなずきあった。

「すいませんが、写真撮ってもらっていいですか？」

サクラは俺の母親に声をかけた。

「はいはい喜んで」

母親は、向かい合わせでラーメンを食べるサクラと蓮太郎に、カメラを向けた。

「はい、どうき」

母親のかけ声で、俺は笑顔を浮かべた。

「お〜い、メシ行くけど、誰か一緒に行くか？」

数日後、竹田部長が設計部内を見回した。

「俺、行きます」

手を挙げると、みんなが意外そうに俺を見る。

「あ、ついでに、これも直したんで、みなさんの意見聞いていいですか？」

そして俺は、同期の奴らがアドバイスをくれた例の設計図を掲げた。

俺にはもうひとつ、やることがあった。メンタルヘルスケアのアンケートだ。

『仕事にストレスを感じますか？』は『ほとんどない』に○。

『相談する人はいますか？』『周りに気軽に話せる人はいますか？』『あなたが困ったとき、頼りになる人はいますか？』その質問には全部『いる』に○。

俺は書き終えたアンケート用紙を、人事部に持って行った。

＊

サクラのおかげで設計への情熱を取り戻した俺は、翌年の二〇一三年、ようやく一次試験に合格した。その頃、子会社に出向していたサクラはどんどん元気がなくなっていった。『リクエスト』に来ても、これまではずっと大盛りだったのに、普通の量の定食をやっとの思いで食べていた。

その頃、葵も菊夫もサクラが好きなくせに、互いに気持ちを伝えられないようだった。ある晩、たまたまその二人と『リクエスト』で一緒になった。二人はスマホを出しては打ちかけて、でも手を止めてため息をつく……という、同じような仕草を繰り返していた。

「二人とも、さっきから何やってんだよ？　もしかして、サクラに電話しようか迷ってるとか？」

意地悪く尋ねてやった俺の、スマホが鳴った。サクラからだった。

「すみれさんのお子さんを預かって、一緒にゲームをやっていたんですが、わたしが下手すぎるので、もっとうまい友達はいないのかと聞かれたものですから」

呼ばれたのでサクラの家に行ってみると、小学二年生のつくしがいた。

その晩のサクラの思い付きが、俺の人生を大きく変えることになった。

二〇一五年、同期のみんなでサクラと共に美咲島に行くことが決まった夜、俺は『リクエスト』で同期のみんなに建築士免許取得の報告をした。そしてもうひとつ……。

「実は俺、つきあってる人がいて……」

と、すみれさんを紹介した。みんなはぽかんと口をあけていた。

サクラの家で一緒にゲームやってから、俺はつくしと仲良くなった。子守がてら、すみれさんの家にお邪魔してゲームの相手をするようになり、いつのまにか、つきあうことになっていた。「彼女いない歴＝年齢」だった俺がいきなり六歳上のシングルマザーとつきあうようになるなんて。

しかもすみれさんはとても美人だ。

「ひっく。蓮太郎くんが、ひっく、すみれさんと?・」

サクラはあまりの驚きでしゃっくりが止まらなくなっていたけど、俺自身が一番、驚いていた。


美咲島に行って感じたことは、あいつにとって島民のみんなは家族なんだということ。美咲島と本土に橋が架かった景色を見たい。心から思った。でも百パーセント安全じゃないのなら、この工事は進めてはいけない。なのに桑原さんは無理やり進めようとしていた。また一からやり直したらどうだろうかとサクラは言った。

「そんなことになったら、もう国は金を出してくれないから、費用を全部うちの会社がかぶることになり、莫大な損害が出る。そしたら、この橋の建設は完全に取りやめになるぞ」

それでもいいのか、と桑原さんはサクラを脅すようなことを言った。

いよいよ住民説明会が始まって、桑原さんがマイクを手に説明を始めてからも、サクラは迷っていた。俺はそんなサクラに、スマホをさしだした。

「すみれさんが話があるって」

サクラになんて言ったらいいのかわからないので、励ましてくれないかと頼んだのだ。

「サクラ、もう説明会始まってるんでしょ? だったら黙って聞いて。これから、あなたが出した答えは、どっちにしてもあなた自身をひどく苦しめることになる。そうなったら、いい? あたしや蓮太郎くんたちを頼りなさい。一人で苦しまないで、みんなに助けを求めなさい。それだけは約束して、わかった？」

すみれさんが言うと、サクラは「ありがとうございます」と電話を切った。


でも……。


「すみれさんが言ってたけど、休職して、もう一年以上だから、このままだとヤバいらしくて」

二〇一八年が明けて、久々に同期のみんなで顔を合わせたとき、俺はみんなにこんなことを言わなくてはならなかった。

そのあと、俺たちは順番にサクラを元気づけようとした。俺は実家にサクラを連れて行ったけれど、サクラはあんなにおいしいと言ってくれていたラーメンに箸をつけなかった。俺がコンペに出す予定のホテルの設計図を見せても、言うことが何も浮かばないと泣き出してしまった。そこに、心配して様子を見守っていたすみれさんが現れて、泣いているサクラを抱きしめた。

「そんなに辛いなら、どうして相談しに来ないの？　あたしを頼りなさいって言ったでしょ」

「だって、すみれさんに迷惑かけたくなくて」

「ほんとにもう」

と、すみれさんは母親のようにサクラを抱きしめた。

そういえば、二〇一四年——俺がつくしと仲良くなり始めた年——、すみれさんは子会社に出向していたサクラに「自分の生き方を貫き通しなさい、北野サクラ」と励ました。

「ありがとうございます。会社に入って初めて褒められました。今まで一番嬉しい、おかあさん」

サクラは間違えてすみれさんをおかあさんと呼んでしまったことがあるらしい。

「すみません、なんか母と話してるみたいな気がして……」

と言ったそうだ。

その頃から、すみれさんは辛いときは自分を頼れと声をかけていたみたいなのに、サクラは一人で抱え込んでしまって……。

設計部デザインコンペ用デザイン案

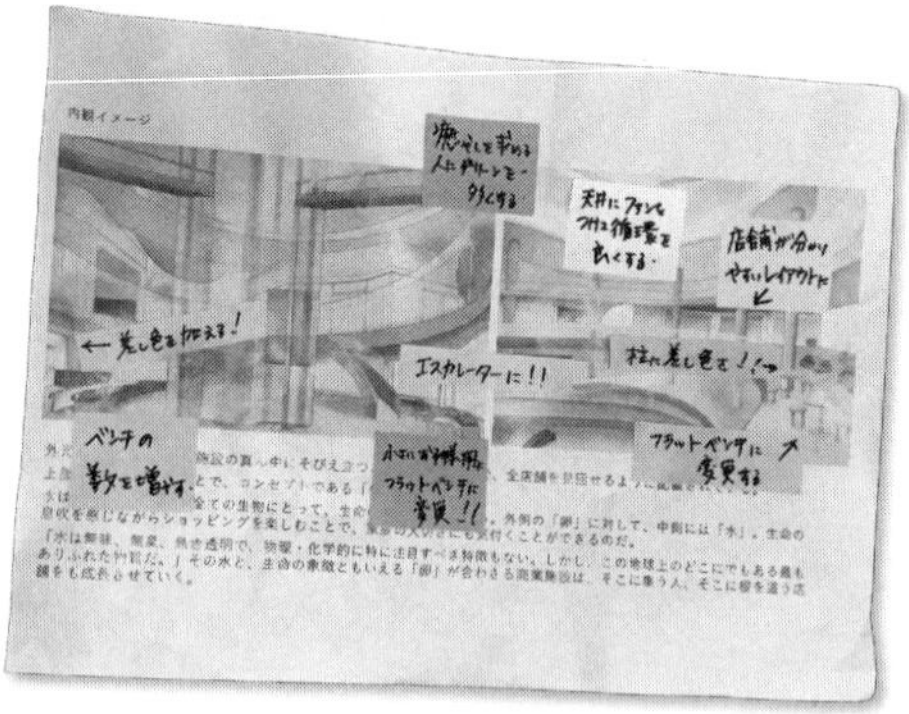

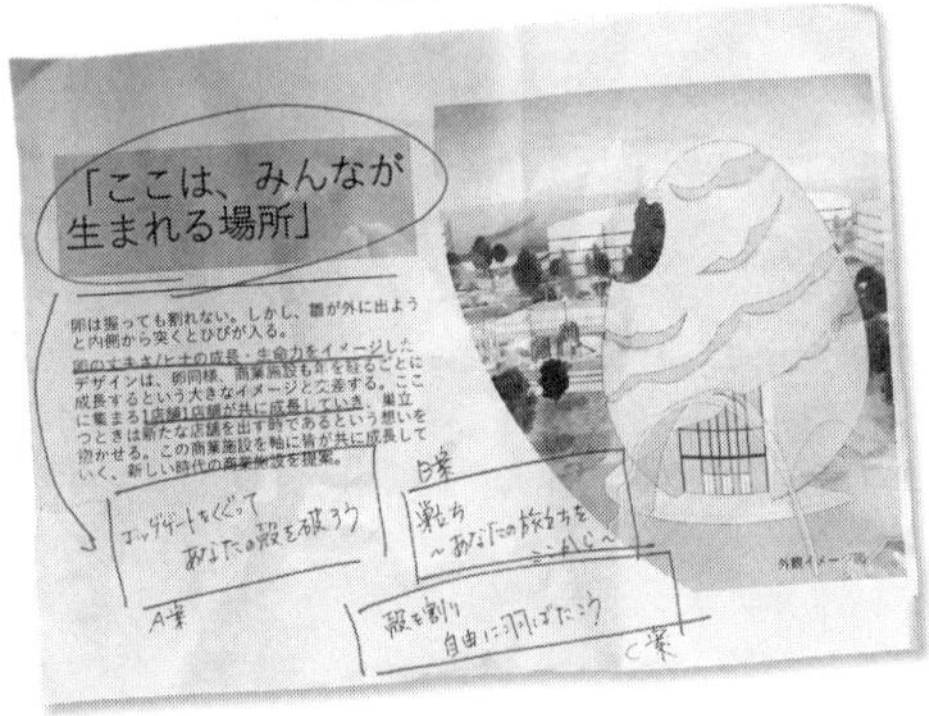

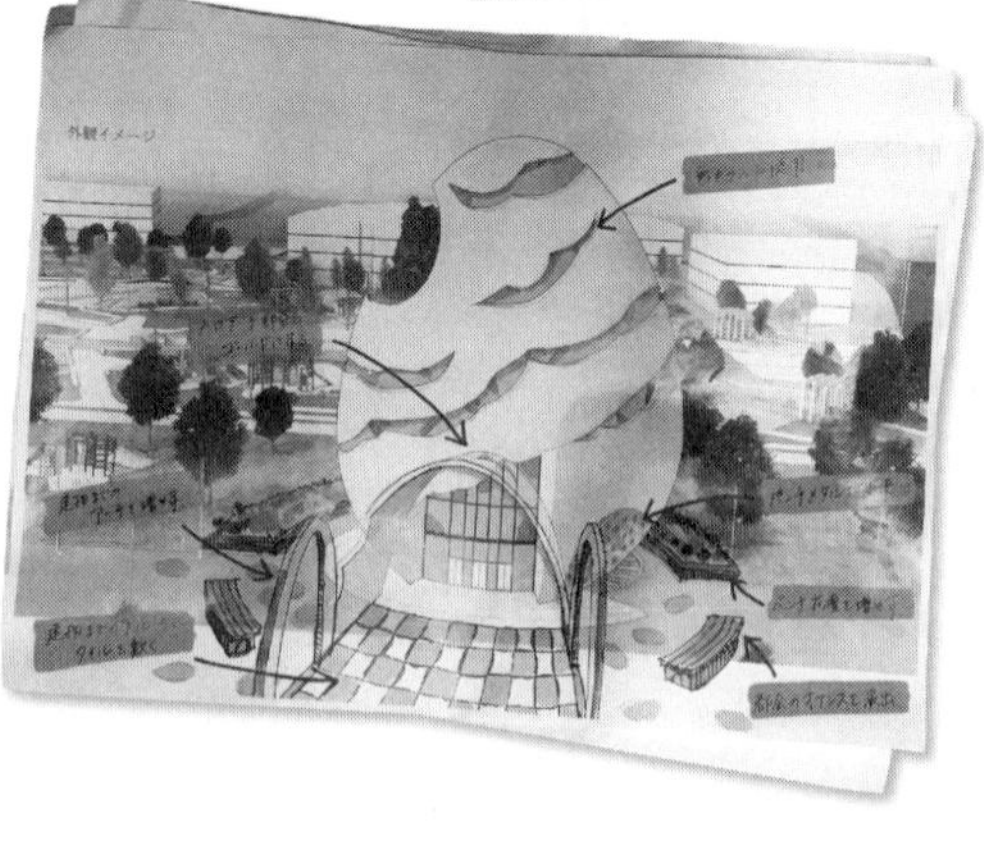

蓮太郎が提案するはずだった商業施設の社内コンペ用の設計デザイン案。こんなデザイン見たことないと言いつつも、作るとなると問題点が多すぎると言ってサクラは酷評した。しかし、蓮太郎が秘かに直し、同期の仲間たちがアイデアを追記した。本書P140参照。

第四話より

同期の葵

二〇一三年九月。今日は『社長賞授与式』。俺は大ホールで、自分の名前が呼ばれるのを今か今かと待っていた。

『社長賞　個人部門　都市開発部　木島葵』

モニターに、名前が大写しになり、俺は笑顔で社長の前に進み出た。

『都市開発部、木島葵殿。あなたは本年度ベイサイドエリア開発プロジェクトに最年少でメンバー入りを果たし、全社員の模範となりました。その功績をたたえ、ここに賞します』

「ありがとうございます」

社長から賞状を受けとると、会場内から拍手が沸き起こる。

人事部のサクラと広報部の百合の姿もある。同期たちの前でなんとも晴れがましい気分だ。

「じゃあ、木島くん、受賞の喜びを」

黒川部長に促《うなが》され、俺はマイクの前に立った。

「こんな名誉な賞をいただき本当に感激です。私は仕事でトラブルがあったらいつもこう考えるんです、社長ならこんなときどうするだろうって。そうすれば、どんなに苦しくても乗り越えることができるんです」

「お～、嬉しいこと言ってくれるね」

社長が笑顔でうなずいている。

「いつか社長のようなリーダーになって、うちの会社をさらに発展させたいと思っています」

「木島くん」

「はい！」

何を言われるのだろうと、期待してしまう。

「お父さんによろしく」

「……あ、はい」

どうにか笑みは保ったものの、複雑な気分だ。俺の父親は国土交通省の、いわゆるキャリア官僚だけど、それとこれとは関係ない。

授与式が終わると、社長は、火野さんと二人で壁際に立っていたサクラに気づき、声をかけた。

「お～、入社式のときの威勢のいい娘《こ》じゃないか。元気でやってるかね？」

「はい、ありがとうございます」

「まあ、君も社長賞がもらえるように頑張りなさい」

「すいません、一ついいでしょうか？　社長賞は社長が社内を地道に回って、わたしたちの仕事ぶりを見て選んでいただいたほうが、価値が上がると思いました」

サクラは社長に意見した。社長賞は自ら立候補するエントリー制度だ。いかに自分が会社に貢献しているかを文書で直属の上司に提出。上司が推薦した人の中から選ばれる。俺はその制度を知った瞬間、エントリーした。でもサクラは、そのやり方に不満があるみたいだ。

「それから、着工が無期延期になっている美咲島橋ですが、なんとか社長のほうから国交省にかけあっていただけないでしょうか」

「ちょっと、いいかげんにして！」

たまらなくなった火野さんがサクラを黙らせ、社長に「申し訳ありません」と謝罪をして、すぐに連れ去った。


エレベーターホールで、サクラと一緒になった。

「相変わらず飛ばしてるねえ、サクラ。あんなことやってると、社長賞どころか首も危なくなるぞ……もっとがんばりましょう？」

サクラの頬には、桜の形に切り抜かれた『もっとがんばりましょう』のシールが貼ってあった。火野さんが娘に勉強させるために作ったシールを、ついさっき貼られてしまったそうだ。さっさと取ればいいのにそのまま貼っているところがサクラだ。

「葵くんも自分で立候補したんですか？」

サクラはまっすぐに俺を見上げながら尋ねてくる。

「いや〜、俺はいいって言ったんだけど、うちの部長がどうしてもって言うからさぁ。この若さでベイサイドエリアの開発プロジェクトに抜擢されるなんて異例だし、しかも、今年からチームリーダー任されそうなんだ」

「頑張ってるんですね。よかったら同期の仲間を呼んでお祝いしませんか?」

サクラに今夜の予定を聞かれたのでＯＫし、終業後に『喫茶リクエスト』で落ち合うことになった。

都市開発部に入る前に、とりあえず、シミュレーションをしてみる。

「社長賞おめでとう。すごいじゃないか。いやいや、たいしたことないですよ……なんてな」

ひとり芝居をしてから、体勢を立て直してドアを開ける。

「すいません、戻りました!」

注目を浴びるはずが、みんな忙しそうにしている。

「……おいおい、リアクション薄くねえか」

気を取り直して、じっとジオラマを見つめている杉原《すぎはら》部長に近づいていった。

「部長、今回は推薦していただき本当にありがとうございました。これからも……」

「そんなことよりたいへんだ、木島、うちのプロジェクトの着工が凍結になった」

「……え?　どうしてですか?」

「復興予算が毎年かさんでるんで、着工凍結リストに追加されたらしい。さっき、国交省の担当が突然電話してきて」

杉原部長が見せてくれた『追加凍結事業について』という通達書の『東日本大震災復興財源確保のため、以下のものを不要不急の建設工事とみなし、補助金の交付、事業の施工及び着工を凍結とする』というリストに、俺たちが手掛けてきた『静岡県駿府市ベイサイドエリア開発事業』がある。

「どうするんですか？　そんなことになったら大打撃じゃないですか、うちの会社」

「どうしようもないよ、国から予算が下りなきゃ」

杉原部長は投げやりな態度で言う。

「しょせん、俺たち民間のことなんか考えてないんだよ、役人は」

「凍結の基準もあいまいだし」

「しかも、こんな大事なこと電話一本で伝えてきやがって」

同僚たちは、国土交通省に怒り心頭だ。

「だ、大丈夫ですよ。俺たちチーム一丸となって対応策を考えれば。そうだ、とりあえず、今動いている下請けにいったん作業を止めてもらうよう頼んできます」

俺が動き出そうとすると、部長が立ちはだかった。

「それより、おまえにできることがあるだろ？」

「え？　なんですか？」

「お父さんに頼んでくれないか？　うちを凍結リストから外してもらうよう。可愛い息子が頼めば、きっと聞いてくれるって」

「あ〜、いや、それはどうかな……」

それは、一番言われたくないことだった。

「頼むよ、このプロジェクトが駄目になったら、うちがどれだけ損害こうむるかわかってるだろ、おまえだって?」

杉原部長は俺の腕をポン、と叩いた。同僚たちもすがるように俺を見ている。

「……わかりました」

勘弁してくれよ。無理だよ。そう思ったけれど、口にはできなかった。


『喫茶リクエスト』に入ると、カウンターのテレビでは、ニュース番組が流れていた。

『二〇二〇年夏季オリンピックの開催地が、東京に決まりました……』

でも、ニュースの内容など頭に入ってこない。俺は入る前からスマホの画面を見つめていた。『父さん』の電話番号が表示されているけれど『発信』をタップすることができない。ため息をつきながら、カウンターに向かい、カツ丼を注文した。そのまま椅子に座ろうとすると、テーブル席にサクラたちがいた。みんな揃って俺の顔を見ている。


「あ……」

そうだ。今日は俺の祝いをやってくれるとサクラが言っていたっけ。

「もしかして、あたしたちとお祝いするの忘れてたとか？」

百合が鋭くツッコんできた。おいおいおい、と菊夫もはやしたてる。

「ま、まさか、そんなわけないだろ」

四人のテーブルに行って、俺のために空けてあったであろう「誕生日席」に座った。

「ねえ、どうかした？」

「社長賞取ったわりに、浮かない顔してるけど？」

百合と蓮太郎が尋ねてくる。

「な、何言ってんだよ、絶好調に決まってるだろ。シャンパンありますか？」

俺は店主に尋ねた。

「いいよ、そんな高いもの」

菊夫は言ったけれど、落ちている気分をどうにか盛り上げたい。

「心配すんなって、俺の奢《おご》りだから。あ、サクラ、また、わたしは烏龍茶でとか言うんじゃないだろうな？」

俺は、両手でコップを持って水を飲んでいたサクラに声をかけた。

「いえ、今日はお祝いなので」

サクラの言葉を聞き、みんなからおおっ！　と、声が上がった。

「そうだ、蓮太郎。もうすぐ一級建築士の試験結果が出るんだろ？」

菊夫が尋ねると、蓮太郎は明日が発表だと答えた。

「どう？　今年は自信あるとか？」

百合が聞いた。一時はぎくしゃくしていた百合と蓮太郎だが、今は普通だ。

「正直半々だけど、もし落ちても受かるまで絶対あきらめないから」

蓮太郎は向かいの席に座っているサクラを見て言う。

「菊夫は、相変わらずボランティア行ってるんだろ、被災地に」

今度は蓮太郎が菊夫に尋ねる。菊夫は震災以来ボランティアを続けている。

「畑が全滅した農家のおじいちゃんに涙流して感謝されると、こっちが元気もらえるんだよね。あ、百合ちゃんはどうなんだよ、仕事のほう？」

菊夫は百合のグラスにシャンパンを注ぎながら尋ねる。

「けっこう忙しくて。会社のホームページで、公式のツイッター始めようって提案したら受け入れてもらったから」

「みんな、頑張ってるんですね」

シャンパンをすすっていたサクラが口を開いた。

「全部、サクラのおかげかもよ？」

百合が言うけれど、ちゃんちゃらおかしい。俺は思わず噴き出した。

「は？　今鼻で笑った？」

百合が俺を見る。

「いや、その程度のことで喜んでいいのかなと思って。俺たちもう五年目だぜ？　もっと会社に貢献すること考えないと。一級建築士になるまであきらめないとかそんなこと言ってる暇あったら、俺たち最前線にいる人間に話聞いて勉強するとかさ。ホームページのツイッターを作ってるだけで満足してんじゃなくて、もっとうちの会社を大々的にアピールする方法を考えるとか」

「ちょっと、言い過ぎじゃない？」

「そうだよ、こっちの苦労もろくに知らないで」

「まあまあ、今日はお祝いなんだし？」

百合と菊夫がムッとして言いかえしてきたけれど、蓮太郎がとりなした。


シャンパンを飲んだけれど、気分は上がらない。話す気にもならない。でも、淡々とシャンパンを飲んでいるサクラ以外の三人はいい感じに盛り上がってる。俺は菊夫に言った。

「おまえ、ボランティアに行ってる暇があったら、営業で結果出すためにゴルフでも始めろよ。クライアントと一緒にコース回ってるうちに親密になって商談が成立することくらい知ってンだろ？」

「でも、なんかそういうの好きになれないっていうか？」

「そういう甘っちょろいこと言ってるから、いつまで経っても俺みたいに何百億の仕事任せてもらえないんだよ」

俺は鞄から『ベイサイドエリア開発プロジェクト構想』のパンフレットを取りだした。

「もっと、でっかい目標持たないと、一生勝ち組になれないぞ、おまえら?」

バン！　百合がテーブルを叩いて立ち上がった。

「不愉快だから、帰る!」

「俺も。めっちゃムカつくんで」

「結局、俺たちのこと見下してるんだよ、こいつ」

菊夫と蓮太郎も鞄を手に立ち上がる。

「お～、帰れ帰れ。俺はいずれ、会社のリーダーになる人間なんだよ。おまえらとつきあってると、こっちまで低レベルの人間になりそうだからさ」

俺はヤケになって言った。

「あ～、もう二度とこんな奴の話聞きたくない。サクラ、行こう」

百合が座っているサクラに声をかける。

「わたしは……もう一杯飲みたい気分なので」

「相変わらずマイペースだなあ……」

蓮太郎がサクラに感心している。

「じゃあさ、こいつにガツンと説教してやれよ」

菊夫が言い、三人は帰っていった。カランコロン、とドアのベルが鳴る。

「サクラも上に文句ばっかり言ってないで、俺みたいに上を目指すこと考えたらどうだ？　五年経ったのにいまだに土木に行けないんだろ？　いいかげん大人になって、仕事のやり方変えないと……」

「だあああああああああ！」

サクラが大きな声を上げて、泣きだした。

「なんであんなこと言うんですか？　せっかくみんな、お祝いしようと集まってくれたのに」

「……いや、だって、アイツらが」

「みんな自分のできることを一生懸命頑張ってるじゃないですか。それのどこがいけないんですか？」

あああああああ……と、サクラは泣き続ける。

「おまえ、酔うと泣き上戸になるのかよ？」

「お願いだから、仲間を傷つけるようなことはやめてください」

サクラはヒックヒックと嗚咽《おえつ》まじりに言う。

「悪いけど、あいつらと俺じゃ目指してるゴールが違いすぎるんだよ」

と、サクラは突然泣き止んだ。テーブルの上を、じっと見つめている。

「えっと、それはどういうことかな？」

俺は悪いが、女の扱いには慣れている。でもサクラという人間はよくわからない。

「もしかして、怒ってるとか？」

尋ねた瞬間、サクラがテーブルにつっぷした。と同時に、グゥ～と、いびきが聞こえてくる。

「おいおい、寝るのかよ？」

俺は立ち上がり、サクラを起こした。


すっかり酔いつぶれたサクラをタクシーで送った。肩を貸し、アパートの階段を上る。サクラと俺は三十センチ近く身長が違うから、相当腰を曲げないといけなくて、辛い体勢だ。

「ほら、サクラ。着いたぞ？」

「ありがとうございます」

サクラは床に崩れ落ち「グ～～～～」と眠ってしまう。

「おい、布団で寝ないと風邪ひくぞ？」

声をかけたけれど、まったく起きようとしない。とりあえず押し入れらしき扉を開けて、まだ九月だから毛布一枚でいいか、と、かけてやる。そして、割れては困るからと眼鏡をはずした。子どものように無邪気な顔だ。ショートカットにノーメイク。これまでは女として見たことがなかったけれど……。

「……なんだ、けっこう可愛い顔してんじゃん」

俺は何気なく部屋を見回した。部屋は整然と片づいていた。そして壁に貼ってあるファックス用紙で目を止めた。

『自分にしかできないことがある』という筆文字のファックス用紙と、入社したときの俺たち同期の写真、『自分の弱さを認めることだ』という用紙と菊夫の現場の写真、『本気で叱ってくれるのが本当の友だ』と百合とのツーショット。『辛い時こそ、自分の長所を見失うな』という用紙と、蓮太郎とラーメンを食べているショット。いつのまにかこんなのを撮っていたのか。

「なんか、おまえらしい部屋だな」

俺はサクラの寝顔を見つめた。


サクラのアパートは、かなりレトロな建物だった。俺の家も、レトロな雰囲気の洋風建築だ。この立派な門構えの前に立つたびに、我が家なのに緊張してしまう。酔っていても、一気にさめる。

「ただいま……父さん、いたんだ」

リビングを覗くと、おやじがヨーロッパ製のアンティークソファに座り、水割りを手に資料を読んでいた。上着こそ脱いでいるものの、ワイシャツに、下はスーツのズボンだ。

「いや〜、実はさ、今日会社で社長賞もらっちゃって。まいったよ、なんか長い会社の歴史でも最年少受賞者みたいでさ?」

鞄からごそごそと表彰状を出していると、

「よかったな」

おやじはソファから立ち上がって書斎に入っていった。

「あの、それで、ちょっと折入って話があるんだけど……」

何やら探しているおやじの背中に声をかけると、兄貴が帰ってきた。

「ご苦労さん。どうだった、例の件は？」

「お父さんが、いろいろ根回ししてくれたおかげでなんとかなりそうです」

兄貴が鞄から資料を出しておやじに渡す。

「うちの大臣も頭が固くて困ったもんだよ、官僚の苦労なんて何もわかってないんだから」

おやじは資料を見ながら、兄貴と話し始めた。東大卒の兄貴も国交省の官僚だ。

「そういえば、今度総選挙があったら、政権交代になるみたいですけど」

家の中だと言うのに、兄貴が声をひそめて言う。

「そうなったら、ますますたいへんだから、今のうちに対策考えとかないとな」

「お話し中すいませ〜ん。一つだけいいですか〜？」

俺は敢《あ》えて明るく声をかけた。

「なんだ？　こっちは忙しいんだ」

おやじが面倒くさそうに振り返る。

「すいません、あの……ほら、なぜ、うちのベイサイドエリアの開発プロジェクトの予算が凍結されたのかな~と思って？　いや、あれだよあれ。震災復興とかいろいろたいへんなのはわかるけど、なんとか考え直してもらえませんか？　自分で言うのもなんだけど、本当に素晴らしいプロジェクトなんです」

と、パンフレットをさしだした。

「葵、国が決めたことに、民間が口を出すな」

父親の言葉に、俺は硬直した。

「自分たちの利益だけ考えてりゃいい民間と違って、俺たちはリーダーとして国の将来を決めていく責任があるんだ。いちいちおまえらの意見を聞いてるわけにいかないんだよ？」

と、また兄貴と額を寄せるようにして話し出す。もう俺の入る余地はどこにもなかった。

翌朝、エレベーターホールでサクラが待っていた。

「おはようございます。昨日飲みすぎてしまって、ご迷惑かけたのではないかと思って。百合たちが葵くんの発言に怒り心頭になって帰ってしまったところまでは覚えてるんですが、その後の記憶がまったくなくて」

「あのさぁ。連れて帰るのたいへんだったんだからな、こっちは？」

「あ~、やっぱりそうですか？　すいません」

目を伏せたサクラをちょっとからかいたくなって、

「じゃあ、キスしたのも覚えてないとか？」

と、身を乗り出してみる。

「ひっく！」

サクラはしゃっくりをして、口を押さえた。

「冗談だよ」

バカバカしくなって、ふっと笑う。

「すいません、昔からビックリするとシャックリが出るくせが……ひっく」

「まあいいけどさ、これからはあんまり飲みすぎるなよ、変な男にひっかかったりしたらたいへんだから」

「気をつけます……ひっく！」

サクラはそう言いながら、俺の顔をじっと見つめた。

「なんだか昨日より元気がないと思って。どうかしましたか？」

「そんなわけないだろ。この前も言ったけど、人のこと心配してる暇あったら、自分の心配しろよ。こんなところで油売ってていいのか？」

そう言うと、サクラは腕時計に目を落とした。

「まずい、非常にまずい！」

そして駆け出していき、ちょうどやってきたエレベーターに飛び乗った。そして入れかわりに、杉原部長が降りてきた。

「おはよう、木島」

「あ、お、おはようございます……」

俺は仕方なく、杉原部長と一緒に都市開発部に入っていった。

「で、どうだった？　お父さんに話してくれたんだよな？」

「あ、それなんですけど……」

話しながら入っていくと、みんなの視線が、いっせいに俺に集まった。いつもはみんなの注目を浴びるのは好きだけれど、今回ばかりはいたたまれない。

「あ、あの～なんかほかにいい方法考えませんか？　おやじなんかに頼らなくても、他にいますよ、我々のプロジェクトの素晴らしさをわかってくれる人が国交省にも。俺も、もっともっと頑張りますから、都市開発部全員の総力を結集して、今こそ、この苦境を乗り越えませんか？　ほら、ピンチはチャンスって言うじゃないですか？　大丈夫ですよ、俺たちなら絶対勝てますって」

振り返ってみんなのほうを見ると、もう誰も俺を見ていなかった。電話をかけたり、パソコンに向かったり、それぞれの仕事に戻っている。

「おまえ、なんか勘違いしてないか？　リーダーみたいに偉そうなこと言ってるけど、おまえの実力なんか誰も認めてないんだよ。俺たちにとって、おまえはただのコネ入社なんだから」

杉原部長が、心底呆れた顔で俺を見ている。

え？　俺……コネ入社だったのか？

「うちの会社がおまえを採《と》ったのは、今回みたいなとき、国交省の高級官僚であるお父さんの力を借りられると思ったからで。じゃなきゃ、おまえみたいなヘラヘラして、いてもいなくても困らない奴を、大切なプロジェクトに抜擢するわけないだろう？」

そう言うと、杉原部長も仕事に戻った。俺はしばらくその場から動けずにいた。でも、誰も俺のことなど気にしていなかった。


父は東大卒。兄貴も俺も、優秀だった。当然のように開成中学に入った。でも、周りは頭のいい奴ばかりで、俺の成績は中の下ぐらいだった。俺が高二の頃、兄貴が現役で東大に受かった。俺はどう考えても東大には受からなそうだったので、アメリカの大学にも願書を出しておいた。予想通り東大には落ちたけれど、カリフォルニア州立大学には合格して渡米。就職の際におやじからいろいろうるさく言われたけれど、俺は自力で花村建設に入った……はずだった。なのに、おやじのコネだったのか？

今日は一日中ぐるぐるとそんなことを考えていた。終業後、すぐに家に帰る気にもならなくて、足は自然と『リクエスト』に向いた。

「そうか、一級建築士に受かったんだ、蓮太郎」

ドアを開けた瞬間、菊夫の声が聞こえてきた。

「おめでとう」

百合の声と拍手の音がする。

「いやいや、まだ一次だから」

「大丈夫だよ、この調子なら。そうだ、サクラも呼ぼうか?」

菊夫が言い、みんながドアのほうを向いたので、慌てて柱の陰に隠れた。

「菊夫はサクラが好きだもんね?」

百合が言うと「え? そうなの?」と、蓮太郎が菊夫を見る。

「いやいやいや、百合ちゃんこそ、葵のことが好きなんじゃないの? いつもなんだかんだ気にしてるじゃん」

菊夫が言った。

「ちょっとやめてよ、誰があんな奴?」

「最低だよな。社長賞取ってますます偉そうになってたし」

蓮太郎が吐きすてるように言う。

「でも、あいつはあいつなりにたいへんみたいよ」

百合が言うと「え? どういうこと?」と、菊夫が乗りだす。

「都市開発部の肝入りのプロジェクトの予算が凍結になっちゃったの。だから、昨日もイライラしてたんじゃないかな」

「へ〜〜そうなんだ」

　菊夫は冷やかすように百合を見る。

「何？」

「あんなひどいこと言われたのに、葵にやけに優しいなと思って」

「だからやめてくれる？　あんな奴ともう口も利《き》きたくないし」

　この状況で出ていけるはずがない。引き返そうとしたとき、サクラが入ってきた。

「帰っちゃうんですか、葵くん？」

　サクラが大きな声で言うので、みんながこっちを見た。

「あ〜、おまえらいたんだ。また傷舐め合って、仲良しゴッコか？」

　俺は笑顔を作って、みんなのほうに歩いていく。

「ちょっと、何その言い方？」

　百合が俺を睨みつけた。

「だいたい、誰が誰を好きとか、レベルが低すぎるんだよ、おまえらの話は」

「そっちこそ、なんでそんな言い方しかできないわけ？　社長になりたいとか言ってるけど、あんたみたいに心も中身もない奴に誰もついていかないから」

百合は立ち上がり、会計を始める。すると菊夫と蓮太郎も立ち上がった。みんなまだ食べるものが残っているのに、よほど俺が嫌いなようだ。

「そんなこと言わずに話し合いましょう。仲間なんだし」

サクラが止めた。

「こいつは俺たちのこと仲間なんかと思ってないよ？」

「そうそう、自分さえよけりゃいいんだから？」

菊夫と蓮太郎が言い、三人は帰っていった。サクラが不安げに俺を見ている。

「おまえも帰ったら？」

虚勢を張って、言ってみた。

「すいません、お腹がペコペコなので」

サクラはそう言うと、カウンターに向かって「麻婆豆腐定食の大盛りください」と、注文した。

「おっかわり、くださ〜い」

空になったビール瓶を店主に渡して、サクラのほうを振り返った。サクラは俺とは離れたテーブル席で、麻婆豆腐定食の大盛りを食べている。

「サクラ、おまえも飲めば？」

「すいません、わたしはゆうべ、醜態をさらしてしまったので、しばらく禁酒しようかと思って。

葵くんこそ、少しペース早過ぎませんか？」

「これが飲まずにいられるかっての。ハッハッハ！」

俺は自棄《やけ》気味に笑った。

「ベイサイドエリアの開発プロジェクトが頓挫《とんざ》したからですか？」

「それだけじゃない、俺の実力なんか誰も認めてないってわかったからさ」

「どういうことですか？」

「俺は高級官僚の父親のただのコネ入社だったの。笑っちゃうだろ？」

「葵くんは酔うと、笑い上戸《じょうご》だったんですね」

「だって、完全負け組だぜ、俺？　官僚になった兄貴より自分のほうが優れてるって思われたくて頑張ってきたのに、父親は俺の話なんか全然聞いてくれないし、会社の奴も、親の七光りだって心の中でバカにしてたんだから。気がついたら、アウェイだよ。家でも会社でも、同期の奴らも」アハハハ、アハハハ、アハハハハ！　もう、笑いが止まらない。

眠い。立てない。気持ちが悪い。俺はサクラに支えてもらい、帰宅した。

「大丈夫ですか、葵くん、お部屋はどこでしょう？」

玄関を入り、赤じゅうたんが敷いてあるホールまで、サクラはついてきてくれた。

「どこでもいいよ、ハハハハ」

「じゃ、とりあえずこちらに」

　サクラがリビングに入っていくと、おやじたちがゴルフのパット練習をしていた。

「おい、何やってるんだ、葵」

「おまえ、酔ってるのか？」

　二人は汚いものでも見るように顔をしかめた。

「いけませんか〜、お父様、お兄様。あ、そうだ、紹介します。コイツ俺の彼女の」

　と、サクラを抱き寄せた。

「同期のサクラです。北野サクラ。ちなみに彼女ではありません」

　自己紹介をしたサクラを、おやじたちは苦虫を嚙みつぶしたような顔で見ている。と、サクラは俺をその場に置いて、おやじたちに近づいていく。俺が崩れ落ちたのにもかまわずに、サクラは腰を曲げてじっとおやじたちの顔を見つめた。

「なんかついてます？　人の顔をジロジロ見て？」

　兄貴がサクラに尋ねた。

「すいません、高級官僚の方にお会いするのは生まれて初めてでしたので、つい見とれてしまって。お二人はわたしたち国民のために、日々粉骨砕身《ふんこつさいしん》働いていてらっしゃるんですよね。本当にありがとうございます」

　サクラは深々と頭を下げた。おやじたちは顔を見合わせている。

「せっかくのチャンスなので、これを読んでいただけないでしょうか。ふるさとの美咲島に架かる橋の着工が延期になっているのですが、その再開を求める島民三五〇人全員の嘆願書です。なぜわたしたちの島に橋が必要かも、わたしなりにまとめておきましたので、なんとかご検討いただけないでしょうか？」

サクラはリュックから嘆願書を出して、戸惑っている父にどさっと渡した。

「いや、あのね……」

「それからこれは、息子さんのチームが進めているベイサイドエリア開発プロジェクトですが、日本の未来にとって画期的なアイディアがつまった素晴らしいものだと思いました。これが実現したら、お二人に負けないくらいたくさんの人を幸せにできるとも思いました。ただ、まだ予算を削る余地がありますし、環境に対する配慮も少し加えたほうがいいとも思いました」

そう言って、サクラはパンフレットをめくった。そこにはサクラの赤字コメントが加えられている。俺の酔いは、一気にさめた。

「お二人に精査していただければ、もっと改善点も出てくるでしょうが、葵くんのいる都市開発部はちゃんと応えてくれるはずです」

サクラはパンフレットを渡す。

「あなたね、いいかげんに……」

兄貴が言うのを、おやじが「まあまあ」と制した。

「北野さん、でしたっけ？　若いお嬢さんなのに仕事熱心なのはたいへん素晴らしい。ただ、いちいち個別の案件に答えるのは差し控えさせてもらいます」

そしておやじたちはリビングを出て行こうとする。二人が目の前を通り過ぎようとするとき、俺は思いきり土下座をした。

「お願いです。なんとか考え直してもらえませんか？」

あまりの勢いで床に頭を打ってしまったが、かまわない。

「サクラの言った通り、俺たちのプロジェクトは、都市開発部全員の悲願なんです。だから……」

「やめろ、みっともない！」

兄貴が俺を怒鳴りつける。

「ちょっとでいいから、話を聞いてくれませんか」

「悪いけど、父さんと俺は忙しいんだ」

「何言ってんだよ、さっきまで仲良くパット練習してたくせに」

「いいかげんにしろ、葵！」

おやじが俺を怒鳴りつけた。

「おまえに人のことを批判する資格があるのか？　どうして、おまえは昔からそうなんだ？　いつもヘラヘラ笑って、くだらんことをグダグダグダ。そんな暇があったらな、兄を見習って、ちゃんと中身のある人間になったらどうなんだ？　これ以上、父親をがっかりさせるな！」

おやじは俺の前にパンフレットを叩きつけて、二階に上がっていった。

「ちょっと待ってください、葵くんの気持ちも考え……」

「サクラ、もういいよ」

「でも……」

「あのふたりの言う通りだよ。どうせ、俺は口先ばっかりでなんの価値もない、偽物《にせもの》なんだ。社長になりたいとか言ってたのも、どうせこの家じゃナンバーワンになれないから、せめて外ではリーダーになりたいと思ったからで……でも、そんなの無理だってわかってた。小さい頃から兄貴と違って運動も成績もダメで、ほめられたのは、母さんから、『葵は作文が上手だね』って花丸もらったときくらいだし」

作文や絵やピアノが得意な俺を、俺の表現力が豊かだといつもほめてくれた。聞き分けのいい兄貴よりも、やんちゃだけど明るい俺のことを「葵は我が家の太陽だ」って、可愛がってくれた。溺愛と言ってもいいぐらいだった。

「失礼ですが、おかあさんはどうしてらっしゃるんですか？」

「出てったよ、俺が中学の頃……おやじの浮気に耐えられなくて」

おやじは俺が小さい頃から浮気性で、家の中はぎくしゃくしていた。そしてとうとう、母は家を出た。「ママと一緒に来ない？」と言ってくれたのに、経済的な不安があって、父親の家に残ることを選んだ。家の中に俺を愛してくれる人間はいなくなった。俺はバカだ。何度も後悔した。

「何やってんだよ？」

気づくと、サクラは顎に手を当てて、何かを考え込むように俺の周りをぐるぐる回っていた。

「すいません、もう少しで葵くんに伝えるべきことが言えそうなので。ちょっと待ってください、ここまで出てきてるので」

サクラは自分の喉《のど》を押さえ、もどかしそうにしている。

「だから、もういいって！」

立ち上がり、サクラの肩をつかんだ。サクラは目の前でキョトンとしている。

「この前思ったけど、おまえ、けっこう可愛い顔してんだな」

丸い目で俺を見ているサクラの眼鏡をゆっくりとはずした。

「なんなら、マジで俺とつきあわない？」

見つめ合ったまま、サクラの顔に近づいていって……唇が……。

バシーン！

「あ、痛ってぇ！」

ものすごい力で頬をはたかれて、ぶざまに床に倒れ込んだ。

「あ、すいません、葵くんがあまりに心にもないことを言うので、つい」

「心にもない？　あ〜、そう。わかったよ。俺、もう二度と喋るのやめるわ。どうせ、心も中身もないんだから、これからは何も言わずに人に命令されたことにハイハイ従うよ。そのほうがみんな喜ぶしさ、おやじたちも、百合たちだって」

「そんなこと言わないでください」

サクラは、自棄になっている俺の横にちょこんとしゃがんだ。

「同期の仲間たちだって、みんな本当はあなたのことを心配しています。何か言ってもらえませんか、葵くん」

サクラは俺の顔をのぞきこもうとした。でも俺は背中を向けた。

「じゃあ……また明日」

サクラはしばらく俺を見ていたけれど、あきらめて帰っていった。


翌日、仕方なく出勤した。エレベーターに乗り込むと、ブーッとブザーが鳴った。

「おい、次のにしろよ」

すぐ後ろの男が俺の背中を軽く押した。なんなんだよ。思わず笑っちまう。

「なんとか言えよ、おい！」

男の怒鳴り声と同時に、体を思いきり押された。突き飛ばされて床に倒れた俺の後ろで、エレベーターの扉が閉まる。誰も何も言わず、俺を遠巻きに見ながら、避けて通っていく。俺はそのまま引き返して会社を出た。ふらふらと歩きながら、吸い寄せられるように車道に出ていく。車のクラクションが、どこかで激しく鳴っている。そう思った瞬間、手を引かれ、引き戻された。

「痛でぇ……」

その声に振り返ると、サクラが尻もちをつく格好になった俺の下敷きになっていた。サクラが車道に出ていく俺を助けてくれたのだ……。


「サクラ、大丈夫？」

百合が『リクエスト』に飛び込んできた。菊夫と蓮太郎も一緒だ。

「すいません、みんな。忙しいのに」

サクラは昨夜と同じように、ぼんやりと座り込む俺の周りをウロウロしている。

「葵くんに言いたいことがここまで出てきてるので、それまで、みんなが葵くんを励ましてもらえると助かります」

サクラは顎のあたりをもどかしげに触りながら言う。

「ったく、マイペースだなあ」

「しょうがない、サクラのために協力しよう」

蓮太郎と百合が言い、俺の隣に座った。菊夫も同じテーブルに着く。

「聞いたわよ、なんで死のうとなんかしたの」

「会社にも、もう行かないつもりかよ？　じゃあ、社長になる夢もあきらめるのか」

「なんとか言えよ。歌を忘れたカナリヤかよ」

百合と菊夫と蓮太郎が順番に俺の顔をのぞきこんでくる。でも言葉を発する気にもならない。

「あ〜もう、面倒くさいな。あんた、心も中身もないって自分で認めたらしいけど、本当にそうなったんだ」

「もう何も喋る気ないなら、それでもいいけど。人をなめたようなおまえの喋りを聞かなくて済むから」

「この際だから言っとくけど、いつもポケットに手突っ込んでかっこつけるのもやめてくれないかな」

三人は黙りこむ俺に腹を立ててガンガン言ってくる。

「みんな落ちついてください。いつの間にか悪口になってます」

歩きまわっていたサクラがテーブルのそばまでやってきた。そして角をはさんだ椅子に腰を下ろし、俺の顔をのぞきこんでくる。

「葵くん、あんた、黙ってたら、なんの価値もないから。別にいいじゃない。人に中身も心もないと言われたって。嘘も方便って言うけど、まわりのことを思って言い続ければ、どんなに嘘っぽくたって必ず相手の心に届くよ。自分のためじゃなくて、人を幸せにしたい、希望や勇気を与えたいと思っていれば、いつか本当の言葉になるよ」

サクラは一気にまくし立てると、立ち上がった。そして口を開いた。

「子どもたちの未来のためだけじゃなく……橋がなかったせいで命を落とした人のためにも。そして、島で暮らす人たちが毎回この橋を眺める度に、胸を熱くするような、そんな願いを込めて作りました」

「え、それって、新人研修で橋を作ったとき、プレゼン用に葵が考えた言葉じゃ？」

百合の言葉に、俺はハッとしてサクラを見つめた。

「あのとき、わたしは、自分が言いたい言葉を全部言葉にしてくれたあなたに、心が震えるほど感動した。あなたが何と言おうと、あれは、わたしにとって、胸に響いたとっても価値のある言葉だから。あなたにはそんな素晴らしい才能があるんだよ。元手もかからずに、たくさんの人を動かせる力がある。そんな言葉を失ってどうするの？　じいちゃんも言ってた。勝ち負けなんかにこだわらずに、自分の価値を知るほうが大切だって」

サクラが言いきると、百合が隣から俺の顔をのぞきこんできた。

「自分が偽物と思うなら、これから本物のリーダーになればいいじゃない」

「おまえが本気で社長目指すなら、本気で応援するけど、俺」

「俺も、そんなに友好的な態度は取れないけど」

菊夫と蓮太郎も言う。

「ていうか、さっきからサクラがタメロになってるのに気づいてるのは俺だけ？」

蓮太郎は菊夫を見た。

「あ〜、俺も思った。なんか、やっと本当の友達になれたみたいで」

「心から葵のことを思って言ったから、自然にそうなったんじゃないの」

　菊夫と百合が笑顔でサクラを見た。でもサクラは、俺を素通りして壁を見ている。

「まずい、非常にまずい。もうすぐ昼休みが終わってしまいます」

　サクラは鳩時計を指さした。もう一時十分前だ。

「なんだよ、それ」

「こんなときもマイペースなんだから」

「ま、サクラの価値はそこだから」

　真っ先に菊夫が笑い、蓮太郎は呆れ、百合はやさしい表情でサクラを見ている。俺はみんなの気持ちが嬉しくて……何かを言わなくちゃ、と口を開きかけたとき、スマホにメッセージが着信した。杉原部長からだ。画面を開いた俺は、目を疑った。

「どうしたの、葵くん」

　サクラに聞かれ、俺は無言でその画面を見せた。

『すぐ来てくれ。お父様とお兄様がいらっしゃるそうだ』

「もしかして、プロジェクトの凍結、見直ししてくれるんじゃ」

　サクラはまっすぐに俺を見た。

　急いで都市開発部に戻ると、おやじと兄貴が応接スペースのソファに座っていた。ソファの前には、杉原部長を先頭に都市開発部一同が緊張の面持ちで直立している。

「こんな所までお越しいただき恐縮です。わたし、都市開発部長の……」

杉原部長が名刺を渡そうとしているのを、おやじは手で制した。

「うちの愚息がいつもお世話になってます」

「みなさんにご迷惑かけてませんか、弟は?」

兄貴は年上の杉原部長にも実に堂々とした態度で接している。

「いえいえ、それより、今日はどのような? もしかして、うちのベイサイドエリアの開発プロジェクトについて何か進展があったとか……」

「その件でしたら、国のためと思って堪《こら》えてもらえますか? 今はとにかく予算が出ないんですよ」

兄貴が言う。

「いや、でも……」

「社長にもお話しして来ましたけど、いずれ花村建設さんには活躍していただく場を必ず設けますから」

おやじが言うと、杉原部長は「ありがとうございました」と言ったきり、もう黙るしかなかった。その様子を見ていた俺は、ぎゅっと拳を握った。

「それでは、わたしたちはこれで」

親父は立ち上がった。そして兄貴と並んでこっちに歩いてくる。俺はたまらずに、二人の前に立ちはだかった。

「葵、どうした？」

おやじが、突然現れた俺に驚いている。

「あ、あなたたちは、それでも国のリーダーですか」

うつむきながらも、俺が必死で声を絞り出すと、兄貴が眉間にしわを寄せる。

「自分の身を犠牲にしても、みんなを幸せにするために頑張るのがリーダーじゃないんですか？ みんなが抱えている難しい問題を解決するために、誰よりも考え、誰よりも悩むのがリーダーじゃないんですか？」

震える声で言いながら、どうにかおやじと目を合わせる。

「何を言ってるんだ？」

「結局、あなたたちは、自分たちがいいようにやるから黙ってろ、おまえらはこっちの言う通りにしてればいいんだって言ってるだけじゃないですか？」

「おい、葵！」

兄貴が高圧的に言い、近づいてくる。でも俺も負けないよう、声を張り上げた。

「そうやって、人のこと見下して自分の好きなように物事を進めるの、いいかげんやめてもらえませんか？ 俺なんか何もしてないけど、都市開発部の人たちはこのプロジェクトに誇りを持って真剣に取り組んできたんです！　このプロジェクトが完成すれば地域の発展と繁栄、そして何より、そこに暮らす人たちに、たくさん幸せを与えられるって心から信じてるんです。それなのに、あなたたちは自分のことしか考えてないじゃないですか？　だったら、教えてもらえますか？　お二人ともなんのために官僚になったんですか？」

俺は、ほとんど泣きながら訴えていた。

「高い給料もらって民間に威張れるからですか？　定年が来たら何度も天下りしてその度に莫大な退職金をもらうためですか？　この国に暮らす人たちを少しでもいいから幸せにするためじゃないんですか？　俺は今まで、あなたたちみたいになりたかったし、二人に認めてほしかったけど、これからは、ここにいるみんなに認めてもらえるような人間になりたい。頼りにされるような人間になりたい。困っている人を助けられる人間になりたい。こんな俺でも価値があるって言ってくれた同期たちのためにも」

肩を震わせながら言う俺を、おやじと兄貴は睨みつけていた。そして、親父はくるりと振り返った。

「杉原さん、今のが、御社に配慮してわざわざ足を運んできた我々への答えですか？　なら、今後、御社との関係も見直さなきゃなりませんが……」

おやじに迫られ、杉原部長が言葉に詰まっている。

「やめてくれますか。あくまで俺の意見なんで」

俺が言うと、おやじはまたこっちを向き、戻ってくる。

「そうか？」

まるで芝居でも演じているかのように声を張り上げるおやじの前に、サクラがスッと進み出た。

「わたしも彼と同じ意見です」

「もしかして、うちの息子が変わったのはあなたのせいかな？」

おやじはサクラの目の前に立った。

「そんなことは……」

「そうだよ」

俺はサクラを制し、俯《うつむ》くことなく、まっすぐにおやじの目を見て言った。

「わかった」

おやじは俺の肩を押しのけるようにして、兄貴と共に去って行った。


その日はほとんど何もせずに終業時間になった。外はいつのまにか土砂降りになっている。放心状態でエレベーターを降りると、サクラたち四人が立っていた。

「……どうしたんだよ、おまえら」

「今からみんなでメシ行こうかって話してたとこ。葵も来る？」

菊夫が笑顔で尋ねてくる。

「……いいのか、俺も行って？」

「特別に許してやるよ」

「少しは心入れ替えたみたいだから」

　蓮太郎と百合は、意地の悪い言い方をしながらも笑っている。

「みんな、今まで本当に悪かった」

　俺は深々と頭を下げた。

「これからは……」

「あ〜、もういいよ、演説は」

「さっき充分聞いたし」

　菊夫と蓮太郎は俺の言葉を最後まで聞かずに歩きだした。百合も続くが、サクラは俺をじっと見ている。俺もついていこうとしたけれど、一歩踏み出したところでカクンと崩れ落ちそうになった。

「ちょっと、どうしたの？」

　百合が振り返る。

「いや、みんなの前であんなこと言ったから、急に膝がカクカクしちゃって」

　ハハハ……と力なく笑う俺に、サクラが近づいてきた。そして手帳を開くと、何かを取りだした。『たいへんよくできました』シールだ。

「葵くん、頑張ってください。さっきわたしは、いつかあなたが社長になった姿が目に浮かびました。あなたはわたしたちの未来を変えられる人だと思いました♡」

サクラはふにゃ〜っと可愛い顔で笑うと、俺の頬にシールを貼ってくれた。

「ありがとう……」

また涙が流れてきた。今日はどうも涙腺《るいせん》がゆるい。

「せっかくだから、写真撮ったら？」

「そうそう、ツーショットで」

百合と菊夫が提案した。

「ていうか、タメ口じゃなくなってるのに気づいてるの、俺だけ？」

蓮太郎は得意げにみんなの顔を見回している。

「行くわよ」

百合はサクラからデジカメを受けとると、俺たちに向けた。俺はカメラではなく、サクラをじっと見ていた。サクラを見ていると、自然とあたたかい気持ちになってくる。

「どうしたの？」

蓮太郎が、手を止めている百合に声をかけた。俺もハッとして、カメラを見る。

「はい、どうき」

百合がシャッターを押した。俺とサクラのツーショットも、サクラの部屋に貼ってもらえるのかな。そうだと嬉しい。心から思った。


「サクラ！」

翌日、俺は外の階段を下りていこうとしているサクラを呼び止めた。サクラは私物を詰めたダンボールを手にしている。

「大丈夫、サクラ？」

百合たちも心配して、外に出てきた。

「ごめん、サクラ、俺のせいでこんなことに……」

俺は謝った。サクラは高級官僚を怒らせたということが理由で、子会社の花村ホームに出向になった。そして俺は、土木部へ異動だ。

「気にしないでください。だって、夢が一つかないましたから。わたしは一生信じ合える仲間ができました」

サクラは俺たちの顔を見てきっぱりと言い、階段を数段下りた。そしてまた振り返った。

「でも、わたしにはまだ夢があります。ふるさとの島に橋を架けることです。わたしには夢があります。一生信じ合える仲間とたくさんの人を幸せにする建物を造ることです。それだけはどんなことがあっても……あきらめるつもりはありません」

サクラはきっぱりとそう言うと、

「じゃあ、またいつか」

と、前を向いて歩いていった――。

＊

親父と兄貴に初めて言いたいことを言えた。そして俺は家を出て一人暮らしを始めた。すべてはサクラのおかげだ。

仕事も心機一転。作業服姿で、測量用器具を手に現場で働いていた。そして二〇一五年、美咲島の住民説明会のために、俺は土木部の社員としてサクラと同行することになった。俺と二人きりにするのが心配だからか、菊夫も有休を取って来ると言い出し、結局蓮太郎と百合も来た。

黒川部長は「念の為、信頼できる調査会社にも調べてもらったが、基本的には何の問題もない」と言ったし、資料では、一応安全基準は満たしていることになっている。

でも……。

「サクラ、大事な話があるんだけど」

説明会の当日、俺はサクラに打ち明けることにした。

「実は、言おうかどうか迷ったんだけど……橋のことで、ちょっと問題見つけて……。基礎に注入するコンクリートのセメントの量が、仕様書と違うんだ」

俺はデータを見せた。

「本来入れるべき割合より少ないから、実際より強度が弱くなってるんだ」

「……なんでそんなこと？」

当然のことだけれど、サクラは衝撃を受けていた。

「桑原さんが予算を抑えるためにしたんだと思う。基礎を二十メートルの深さにしなかったのも。桑原さん、黒川さんと次期社長候補のライバルだからさ、先越されて焦ってんだよ。だから、少しでも利益あげて会社にアピールしたいんじゃ……」

その頃、黒川部長は常務に昇進していた。


結局、サクラは「みんな、許してくんなせ。うちの島に橋を架けることはできねんだて」と、島民のみんなに頭を下げた——。


その後、引き籠もり、休職したサクラをみんなで順番に元気づけることになったとき、俺はサクラと街を歩いた。

「最近やたらマスコミで『忖度』って言うけど、まさにサクラは、入社式の時から『忖度しない女』だったなって……」

俺が話し出しても、サクラは無反応だ。

「新人研修が終わって、結局おまえだけ希望の部署に行けなくて、初めて『わたしには夢があります』って言われたときのこと、俺は一生忘れない。あのときは、おまえみたいな奴とはきっと一生わかり合えないと思ったけど……今は、おまえと一生離れたくないって思う」

そして俺はサクラの力ない瞳を見つめた。

「サクラ、俺と結婚しないか？　今は働く気にならないんなら、無理に会社に行かなくてもいいよ。また働く気になったら、そうすればいいだろ。サクラは頑張り過ぎだから、しばらく休みを取れって、神様が言ってるんだよ、きっと。これからは、どんなことがあっても俺が守るからさ」

一世一代のプロポーズをして、俺はサクラの肩を抱いた。だけどサクラは笑い出した。

「なんか前にもこんなシチュエーションがあったなと思って。葵くんの家に行ったとき、キスされそうになって、思い切りビンタしちゃったんですよね、わたし。思い出したらなんかおかしくて」

サクラは大爆笑で、俺は見事に玉砕した。

その後『リクエスト』で俺たち五人は顔を合わせた。

「俺たちだって、おまえと会ってなかったら、こんなにお節介焼かないよ。仕事だって大変だし、自分が生きていくだけで一杯一杯だからさ、今。これから、どんな未来が待ってるかわからないけど、おまえは、俺たちが生きてるこの世界を、より明るくすることのできる人間なんだからさ」

俺は、心から言った。

だけど、サクラには届かなかった。

その後――、俺自身も人生最大の決断をしなくてはいけなくなった。百合との間に、娘、夢が生まれた。百合と夢を幸せにしよう。そう決意して入院している百合にプロポーズしたのに、あっさりと断られた。俺はまたしても玉砕した。

「それで、おまえら、結婚するのか？」

出産を祝うために産院に来てくれた菊夫が百合に尋ねた。

「ううん、それはない」

百合は首を振った。

「え？　なんで？」

蓮太郎が驚いて百合の顔を凝視する。

「それはまたゆっくり説明するからさ、それより、今日はお願いがあるの、みんなに」

百合は俺たちの顔を見た。

「あたしね、子どもを生もうとして意識が朦朧としてる間、いろいろなことを考えた。いろいろなこと思い出した。でも、一番覚えてるのは、サクラのじいちゃんに『サクラのことをよろしく頼む』って言われたこと……」

出産の痛みに耐えながら、サクラのことを考えていたのか、百合は。女っていうのはどれだけ強いんだ？　俺はただただ圧倒されていた。

「あんなに頭下げて頼まれたのに、このままサクラのこと諦めていいのかな？　あたしたち」

百合は俺たちの顔を見回した。

「すっごくバカな考えかもしれないけど、最後に一つだけ試してみたいの。協力してくれるかな？」

そして百合は、自分の考えを話し始めた……。

日本の未来に残したい建造物の模型発表のための資料

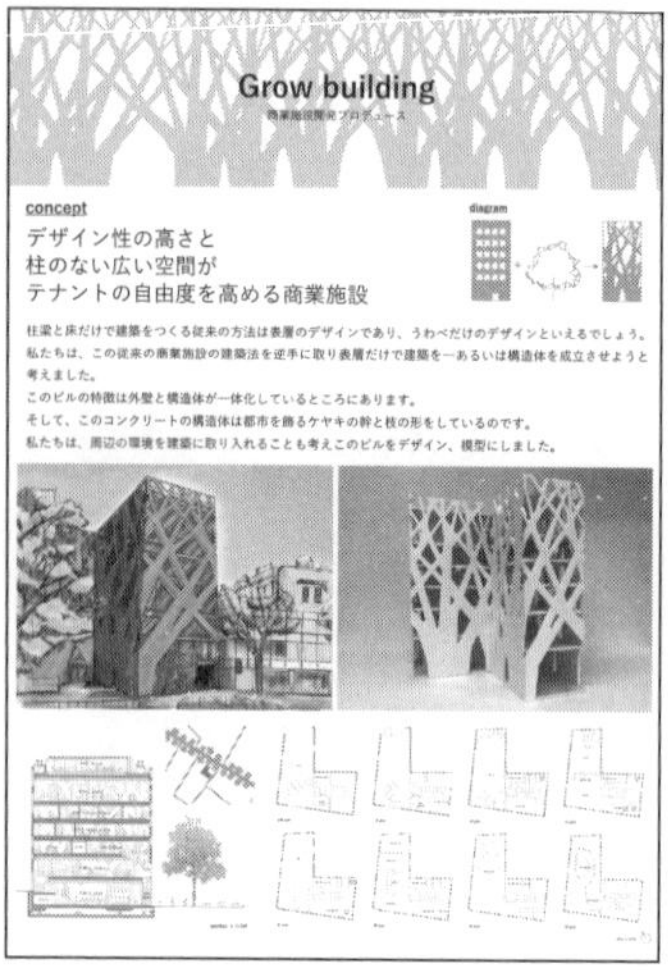

F班の商業施設の案は、新人研修模型制作社長賞に輝いたが、「社長が10年前に手がけて成功したプロジェクトにそっくりだ」とサクラが食って掛かった。

模型発表で、社長賞に相応しいとサクラが主張したのが、A班の案の保育園。屋上を畑にするという独創性や機能性を絶賛した。

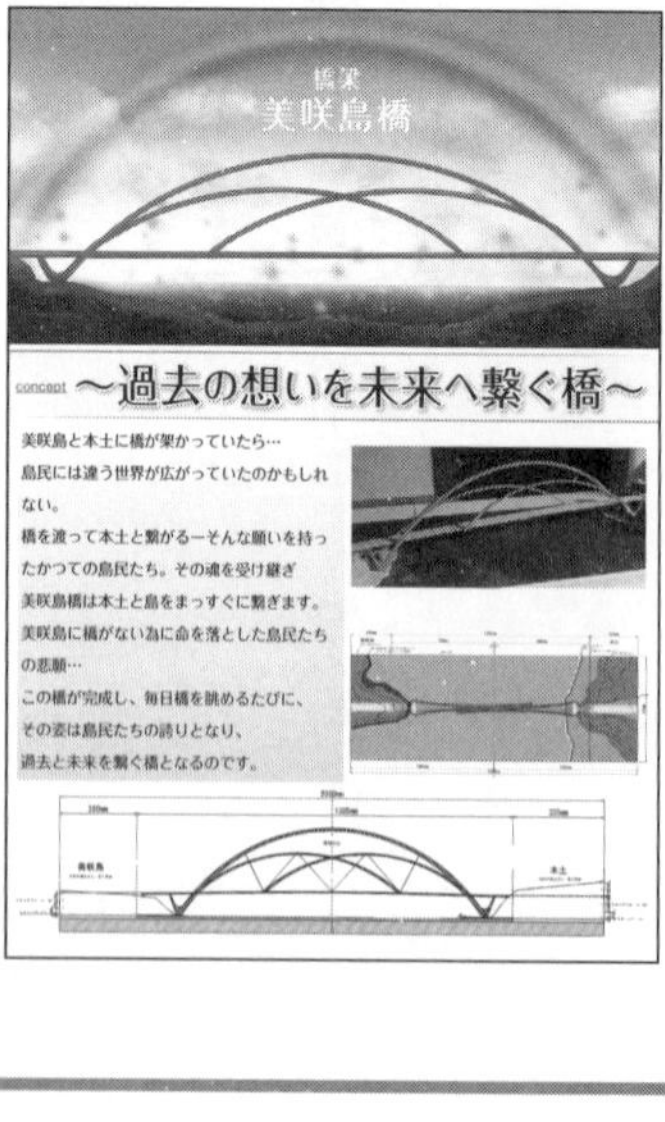

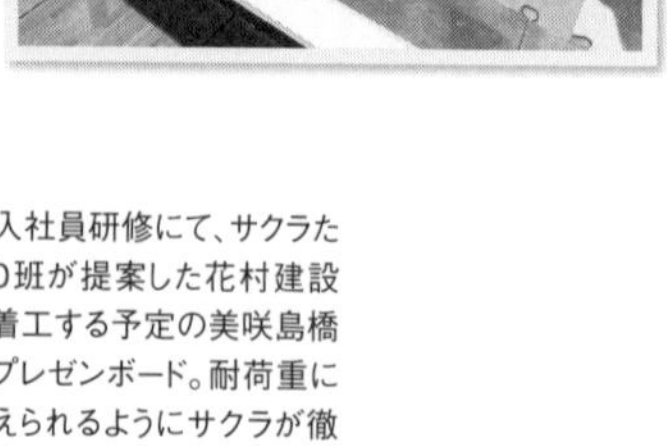

新入社員研修にて、サクラたちD班が提案した花村建設が着工する予定の美咲島橋のプレゼンボード。耐荷重に耐えられるようにサクラが徹夜で作り直した。

第一話より

喫茶リクエスト

リクエストがあれば、どんなメニューも作ってくれるサクラたち同期の馴染みの店。普段のサクラは定食の大盛りメニューをオーダー。出向させられたときは、じいちゃんのコロッケへの思いが高まり、コロッケ定食を毎日オーダーするあまり、店の老女に「たまには違うのにしたら?」とたしなめられた。食がすすまないサクラは、このときばかりは大盛りにはしていない。老女はやがて店を閉めることをサクラに告げ……。

エピローグ——二〇一九年　サクラ

高等専門学校のとき、修学旅行で東京に来ました。

わたしが生まれ育った美咲島では、ぐるりと広い空が見渡せます。東京では、建物に切り取られた空しか見えませんでした。でも空を突き刺すような建物に、わたしは強く惹かれました。

クラスの女の子たちは、自由時間に表参道のカフェに行くと言ってはりきっていました。わたしは一人、デジカメを手に建物を撮りまくっていました。建物はすごい。歴史の流れを感じさせてくれるし、未来に残る。誰もが見ることができる。作った人の想いが語りかけているようだ。

わたしはそのときから、建物に夢中になりました。

でも、頭の片隅で、いつか仲間ができたら、表参道のカフェでお茶を飲みたい。そう思いました。


わたしには夢があります。ふるさとの島に橋を架けることです。

島民の願いだった橋が架かることが決まり、その橋梁工事を、花村建設が受け持つことになりました。わたしが花村建設に合格すると、島のみんなはわたしを信じて、送り出してくれました。

わたしは新人研修で同じ班になった同期の仲間と、この島に架かる美咲島橋の模型を作りました。

頑固で細かいことに最後までこだわるわたしに、仲間たちが粘り強くつきあってくれたおかげで、その模型は本当に素晴らしい、自分でも胸が張れるものになりました。

わたしには夢があります。一生信じあえる仲間を作ることです。

美咲島は島民全員合わせても三百五十人。小学校から中学校まで、同じ学年には誰もいませんでした。会社に入って最初の研修でグループになった仲間を、同期の仲間として大切にしようと心から誓いました。


二〇一五年、入社七年目。夢を自分の手でたたき壊して、じいちゃんも失って、自暴自棄になりました。仕事をする気力もなくなりました。その頃のわたしは魂が抜けた状態でした。

美咲島から帰ってきて、自暴自棄になったわたしは、じいちゃんが亡くなる直前に送ってくれた、遺言ともいえる三枚のファックス『桜は決して枯れない』『たとえ散っても』『必ず咲いて、沢山の人を幸せにする』を見つけ、大切に貼ってあった写真やファックスを壁から剝がし、部屋のものを手あたりしだい投げつけました。わたしには、もう何もありませんでした。


二〇一八年一月、黒川専務に退職願を出しました。

「なあ、覚えてるか？　入社試験のとき、俺がおまえに面接したの。あのとき、まわりの反対押し切って、おまえを入社させたんだけどな、うちの会社に活を入れる起爆剤になると思って。結局、俺の見る目がなかったってことか……」

わたしには何も言い返すことがなかったので「失礼します」と、頭を下げました。

「桜は散ってしまったか。花の命は短くて、苦しきことのみ多かりき、だな」

黒川専務は林芙美子《はやしふみこ》が好んでいたという言葉を口にしました。わたしは逃げるように会社から飛びだしました。

そしてその帰り道、量販店でＡＩスピーカーを買いました。


「ねえ、なんでこんなことになっちゃったの？」

わたしは部屋でＡＩに問いかけました。

「いったい、人はなんのために生きてるの？」

「やっぱり、わたしのような人間がこの世界で生きていくのは無理なのかな？」

「なんで人生は、こんなに辛いの？」

「やっぱり、島のみんなに橋は安全だって言ったほうがよかったのかな。事故が絶対起きるわけじゃなかったんだし、それくらいのウソはついたほうがよかったのかな？　そうすれば、もっと早く家に帰れて、じいちゃんを助けることができたかもしれないし……」

「ねえ、なんでこんなことになっちゃったの？　わたしは、みんなに幸せになってほしいから、自分が正しいと思った道を進もうと思っただけなのに。なんでいつも否定されるの？　なんで邪魔する人がいるの？　なんでいい人は早く死んでしまうの？　じいちゃんに、もっと恩返ししたかったのに」

「同期とも、もっと喜びや悲しみを分かち合いたかった。みんなと大切な時を一緒に過ごせると思ってた。わたしたちには素敵な未来が待ってると信じてた。この世界には夢や希望が溢れてると思ってた。でも、実際にはそんなもの何もない、だったら……やっぱり、わたしなんか死んだほうがいいのかな？ わたしなんか生きてても、なんの意味もないみたいだし」

わたしは日々、ＡＩに問いかけました。でも、納得できる答えは返ってきませんでした。


「二〇一九年三月三十一日です。誕生日おめでとうございます。今年で三十歳ですね」

ある朝、ＡＩが言いました。今日が何日だかも忘れていたし、自分の誕生日も忘れていました。メガネをかけてフラフラ立ち上がって、冷蔵庫を開けてみましたが、空っぽです。面倒だけれど、そろそろ買い物に行かないといけない。ふと見ると、冷蔵庫と流しの隙間に何か落ちていました。拾い上げるとそれは、十年前の四月に、同期の五人で撮った写真でした。すっかり古くなった写真を見ていると、胸の奥がかすかに波立ってくるような、不思議な感覚に陥りました。

そのとき、携帯が鳴りました。『非通知』です。出ようかどうしようかためらいながらも、写真をポケットにしまって、携帯を手に取りました。

「……もしもし？」

すると聞こえてきたのは、ピーーーという懐かしいファックス音でした。でももうこの部屋にファックスはありません。ファックスを送ってくれるじいちゃんもいません。

　なんだろうと思っていると、ドアの下から一枚の紙が滑り込んできました。

『俺たちは、いつまでも待ってる』

　拾い上げた紙には、筆で大きな文字が書いてありました。驚いていると、続いて、二枚目がきました。そして、三枚目、四枚目と、ファックスが送られてくるように、紙が滑り込んできます。

『おまえとまた一緒に働ける日を』

『だから、どんなに辛くても諦めない』

『サクラのいない世界なんかに、生きていたくないから』

「じいちゃん……サクラには、こんな素敵な仲間がいる……」

　四枚の紙を手につぶやくと、涙が溢れてきました。とてもあったかい涙です。

　すると、もう一枚紙が滑り込んできました。

『じゃあ、また明日』

　わたしは五枚目を拾い上げて、強く思いました。

「みんなに会いたい……」

　紙を握りしめたまま、わたしは玄関のドアを開けて、外に出ました。

「もし、この世界に、わたしが生きている意味があるなら……今までの自分に戻ると、四人に伝えなければ」

　ふらつく足で、アパートの外の坂道を下りていきました。そこで、隣の家の夫婦がけんかをしていました。そばで息子の良樹《よしき》くんがボール遊びをしています。そのボールが、コロコロ転がっていきました。良樹くんは反対方向からものすごいいきおいで走ってくるオートバイに気づかずにボールを追いかけていって……。

「ダメ」

　わたしは駆け出して良樹くんに飛びつきました。オートバイはわたしたちをかすめるように走り抜けていきました。わたしは良樹くんを抱いたまま坂道を転げ落ちました。世界がぐるぐると回り、みんなからもらったファックスが宙を舞いました。

　やがて、強い衝撃と共に体が地面に打ち付けられました。

「あの、大丈夫ですか？」

　隣の家のだんなさんが声をかけてきました。奥さんは泣きそうな顔で良樹くんを抱きしめ、わたしに「ありがとうございました」と何度もお礼を言っています。

「いえ」

　わたしは片方のレンズにひびが入っているメガネを拾い、立ち上がりました。ふと、ポケットを探ると……。

「……写真がない」

みんなの写真がなくなっていました。

「探さないと……」

わたしは歩きだしました。

「あ、でも、大丈夫ですか？　病院に行ったほうが……」

隣のご夫婦が声をかけてきますが、かまわずにもと来た坂道を上っていきました。

「わたしには、夢があります……ふるさとの島に橋を架けることです。わたしには、夢があります……一生信じ合える仲間を、作ることです」

手すりを持って、重い体を持ち上げるように、アパートの階段を必死で上がりました。

「わたしには夢があります……その仲間と……たくさんの人を幸せにする建物を造ることです」

部屋のドアを開けると、頭がぼんやりとしてきて、そのまま前のめりに倒れました。体に力が入りません。そんなわたしの目の前に、写真が落ちていました。

「それだけは……絶対、あきらめられないので……」

写真を拾おうと手をのばしたとき、目の前が真っ暗になりました――。


眠っているとき、長い夢を見ました。

「見てくれよ。今一緒に働いてる仲間たち。みんないい笑顔してるだろ？」

仙台の農家にボランティア作業に行っていた菊夫くんが東京に戻ってきてくれたようです。そしてわたしに、農作業をしているときの写真を見せてくれました。

「会社入って二年目のこと覚えてるか？　仕事がキツくて毎日死にそうで、いったいなんのために働いてるのかわからなくなったとき、おまえが救ってくれたんだよな」

　あのときサクラが叩いたケツがホントに痛かった、と菊夫くんは笑っています。

「でも、あのおかげで、自分にしかできない仕事を見つけられた気がする。今、やってること、いっぱい話したいからさ、早く目を覚ましてくれよ」

　とりあえず俺は、仙台に帰って自分にしかできないことをやるよ、そう言って、菊夫くんは仙台に戻っていきました。


　次は、百合が赤ちゃんを抱いてやってきました。

「サクラ、あたしの娘、夢っていうの。昔は、夢って言葉が一番嫌いだったのに、あんたみたいな大人になってほしいから、つけちゃったじゃない」

　百合に似て、目鼻立ちのはっきりしたきれいな女の子です。そういえば百合は生まれたとき、真っ白な百合の花みたいだったという話を聞いたことがありましたね。

「今でも思うんだ、入社して三年目だっけ？　あんたと大ゲンカして、もう二度と会わないって言ったけど、本当にそうしてたら、いったいあたしはどうなってたんだろうって。あのとき、もし引き返さなかったら、今でもあたし、自分の居場所を探し続けてたかも……そう考えるとゾッとするよ。サクラはあたしたち同期にとって灯台っていうか、北極星みたいなもんだった、あの頃から」

百合はそう言うと、やさしい顔で、眠っている夢ちゃんを見つめました。

蓮太郎くんはメガネをかけて、肩から図面ケースを背負って……ずいぶん大人の男という雰囲気になっていました。

「最近おまえの気持ちがよくわかるよ、設計図直すたびに、『いいかげん妥協しろ』とか『もう少し大人になれ』って言われるからさ」

蓮太郎くんはこの前も「これじゃあ車いすの人が曲がりにくいから直しましょう」と設計図の見直しを提案して、みんなに「またかよ」とため息をつかれたそうです。

「こんな風に変わることができたのは、入社して四年目のあのときからなんだ。そのせいで、おまえにこの傷を作らせちゃったけど……」

蓮太郎くんはわたしの左手の傷を見つめました。

「サクラ、あれから俺、一級建築士になるのも、会社で設計任されるようになるのもけっこう時間かかったけどさ。あのときみんなの前で誓った、サクラに認めてもらえるようなデザインがやっとできた気がするんだ。だから、目を覚ましてくれよ、一番に見てもらいたいからさ、おまえに」

そう言って蓮太郎くんは図面ケースから取り出した設計図を見せてくれました。

「サクラ、俺、三十三になったけど、仕事でもプライベートでもどんどん悩みが増えてヤになるよ。早く相談に乗ってくれないか？」

　葵くんもよく来てくれます。

「そうだ、覚えてるか、これ？」

　葵くんは手帳に貼った『たいへんよくできました』シールを見せてくれました。

「入社して五年目だっけ？　いつも社長になるなるって強がってた俺が、実は何もできないダメ男だってバレたとき、おまえにこれもらって、本気で社長を目指す勇気が湧いたんだ……サクラ、これもらって、本当に嬉しかったよ」

　葵くんはわたしの手を握って、ごめんな、と謝りました。

「まさか、あの後あんなことが起きるなんて夢にも思ってなかったから……」

　あんなこと……。子会社の花村ホームに異動になって、思えばあの頃から食欲がなくなってきたのでした。働くにはまず飯を腹いっぱい食え。じいちゃんの教えを守って、上京してからずっと、お茶碗に大盛りの納豆ご飯を頬張っていたのに。

　四人そろって来てくれたこともありました。

「……きっと立ち直ろうとしてたんだね、サクラ？」

百合がわたしを見つめながら、言いました。

「それなのに、なんでおまえばっかりこんな辛い目に……」

葵くんの声……。

「ホント、神様って不公平だよな」

蓮太郎くんの声……。

「できれば、俺が替わってやりたいけど」

菊夫くんの声……。

わたしはちゃんと聞いていますよ。でも、そう伝えられなくて、もどかしいばかりです。

「サクラ、今から先生に会ってくるね」

百合は言いました。

「専門の病院に移せって言われたけどさ、みんな、おまえが目覚めるって信じてるからな」

葵くんが言い、

「俺たちは、いつまでも待ってる」

菊夫くんが言い、

「おまえとまた一緒に働ける日を」

蓮太郎くんが言い……

「だから、どんなに辛くてもあきらめない」

葵くんがまた言います。

「サクラのいない世界なんかに、生きていたくないから」

そして百合の声がして、

「じゃあ、また明日」

四人が病室を出て行きます。

その言葉……あのとき、みんながくれたドアの隙間から送られたファックスの言葉ですね。

あのときのことを思い出して、わたしの頬を、涙が伝いました。あたたかい涙です。

みんなに会いたい——。

そう強く思って、あのとき、わたしはアパートの部屋を出たのです。

『桜は決して枯れない。たとえ散っても、必ず咲いて、沢山の人を幸せにする』

そう、桜が咲くのを、みんなが楽しみにしてくれている。

そして桜はまた、咲きほこる。

だから、だから……もう一度……。


すうっと目が開きました。

病院の、真っ白な天井が見えました。

「じいちゃん……さっき聞こえたのは……みんなの声だ」

声に出したつもりが、出ませんでしたが……暗闇の中に聞こえていたのは、倒れる前にみんながくれたドアの隙間から送られてくるファックスの言葉です。

わたしの頬を、涙が伝いました。今、頬を濡らしている涙と同じ、あたたかい涙でした。

あのとき、みんなに会いに行こうとして、わたしは……。


看護師さんから、今日は令和元年十二月十一日だと聞きました。九カ月も眠っていたのです。

わたしが目覚めたのは奇跡だそうです。

みんなは心から喜んでくれました。

「ありがとうございます。みんなからファックスみたいな励ましの言葉が届いた時、じいちゃんのファックスと同じぐらい、力が湧きました。みんなのためにも、立ち直らなきゃと目が覚める思いでした。だからわたしは……信じ合える仲間とたくさんの人を幸せにする建物を造る夢をかなえるため、これからも頑張ります」

そして私は退院しました。


わたしは入院中に会社を解雇されていましたが、みんなはそれぞれ新たな道へと踏み出しかけていました。

菊夫くんは地元熊本で地震が起きて友人や親戚が被災した経験から、自分の居るべき場所は大手ゼネコンじゃないと思い、ＮＰＯ法人の事務所に入ったそうです。そうしたら、仙台で復興支援のボランティアＮＰＯの団体の代表にならないかと言われ、迷っていました。

誰よりも人を応援したいという気持ちが強い菊夫くんが先頭に立ったら、その背中を見てみんながついてきてくれると思う。だから失敗を恐れずチャレンジしてほしい。

蓮太郎くんはすみれさんに赤ちゃんができて、お父さんになるそうです。でも、営業部への異動命令が出たので新しい就職先を探そうとしていました。すみれさんが妊娠中なので決断を迷っているようでしたが、ちゃんと相談すればきっと解決できる、わたしはそう思いました。

百合は、働く女性が気軽に子どもを預けられる託児所を作りたいそうで、託児所付きのコワーキングスペースをつくる会社を起業したいと考えているようですが、どうしようか悩んでいました。でもきっと、百合がいたいと思った場所が百合の居場所になるはずです。

葵くんは、百合と夢ちゃんのことを悩んでいました。でもわたしは、百合が結婚しないと言ったのは、本当は葵くんによけいなこと考えずに社長を目指してほしかったからじゃないか、葵くんが本当のリーダーになれる人間だと思うからこそ、束縛したくなかったのではないかと思います。だから葵くんは入社当時から言っていたように社長を目指せばいいのです。

リハビリも順調なので、ネットカフェで蓮太郎くんに手伝ってもらって、就職先を探すことにしました。中堅の建設会社を中心に面接を受けまくりましたが、必ずなぜ大手の花村建設を退社したのか聞かれます。

すみれさんからは「あんまりよけいなこと言わないほうがいいわよ」と言われていたのですが、嘘がつけずに「わたしのせいで本社が抱えていた橋の工事が中止になり……と、本当のことを話してしまい、落ちまくりました。中には「そんなこと言わないほうがいいですよ、どこも雇ってくれないから」と忠告してくれる面接官もいました。

コンビニでアルバイトをしながら面接を受けまくり、ようやく小さな建設会社に再就職が決まったとき、黒川さんが現れました。副社長になっていました。黒川さんはわたしの目をまっすぐ見つめて言いました。

「花村建設に戻ってこい。俺の下で働け」

わたしのお母さんは生きていた頃、わたしが好き勝手なことをやろうとしたら、いつも「していいよ、してごらん」って言ってくれました。だからわたしは、決めました。

もう一度、花村建設で働いてみよう！　と。

わたしは人を幸せにするために立ち上がります。

わたしは絶対に夢をあきらめません。

わたしには夢があるから。わたしには仲間がいるから。

同期の住まい

葵の自宅

サクラがそのデザインを絶賛した大きな一戸建てが自宅。父親が目もくれなかった都市開発の書類や、葵が授与された社長賞の賞状がある。

菊夫の自宅

大学時代から住むアパート。応援部の後輩が寄せ書きした色紙が飾られ、漫画が積み上がっている。

蓮太郎の自宅

細部までこだわって作った建造物の模型が所狭しと並べられている。PC用のデスク以外に、作業台も置いてある。

黒川がデスクで読んだ書籍一覧

番組に登場したヒット作は、時代を映す鏡

「1Q84」

1話では黒川は読書しておらず、喫茶「リクエスト」のカウンター上のテレビ画面のなかで、阿部レポーターが『1Q84』が発売されることを告知している。村上春樹の12作目の長編小説、2009年5月発売、新潮社刊。

「もし高校野球の女子マネージャーがドラッカーの『マネジメント』を読んだら」

2話で、黒川がデスクで終業時間まで読みふけっていたのが通称「もしドラ」。漫画化、テレビアニメ化、映画化もされた。著者は岩崎夏海、2009年12月発売、ダイヤモンド社刊。

「心を整える。——勝利をたぐり寄せるための56の習慣」

3話でサクラに社史編纂室への異動を命じた黒川が読んでいたのは、サッカー日本代表の主将をつとめた長谷部誠が、メンタルコントロール術を綴った本。2011年3月発売、幻冬舎刊。

「聞く力——心をひらく35のヒント」

4話でサクラが社史編纂室から人事部に戻ってきたときにデスクで黒川が読んでいたのは、ビジネスにも通じる"聞く極意"を伝授する阿川佐和子の新書。2012年1月発売、文藝春秋刊。

「置かれた場所で咲きなさい」

5話で子会社への出向をサクラに告げた黒川が、デスクで読んでいたのは、ベストセラーとなった渡辺和子のエッセイ集。タイトルはサクラへのメッセージか……。2012年4月発売、幻冬舎刊。

「嫌われる勇気——自己啓発の源流「アドラー」の教え」

6話でサクラをたしなめる上司のすみれを、デスクから見ている黒川が読んでいたのが本書。幸福に生きるために、心理学者アドラーの思想を凝縮。2013年12月発売、ダイヤモンド社刊。

「家族という病」

7話で、常務になった黒川が役員室で読んでいた。下重暁子が、家族の実態を克明にえぐり、「家族とは何か」を提起する一冊。2015年3月発売、幻冬舎刊。

「九十歳。何がめでたい」

佐藤愛子のエッセイ。8話で、引き籠もっていたサクラが専務の黒川の元に来たときに読んでいたのが本書。2016年8月発売、小学館刊。

脚本家

遊川和彦

×

プロデューサー

大平 太

「同期のサクラ 対談」

サクラは建物にしか興味がない

遊川：サクラみたいな人間は、ほとんどのことに興味がないんです。ファッションにも食事にも興味がない。建物にしか興味がなくて、いい建物を造りたいとしか思っていないのと、あとは仲間かなぁ。何でしょうね、仲間って。島で350人に愛されて育って、350人を愛してきた人間で。それで20年育ってきた人なので、その純粋培養性はある意味カホコに似てるといえば似てる。愛を信じ切っているし。両親が早くに亡くなって、欠落した部分を満たそうとしてくれた島の人に対して、ありがたいという恩返しの思いが強いっていうか。カホコと違うのはそこだと思う。何とか皆さんに返したいと思うから、島に橋を架けたいってずっと言っていて、自分がいいものを造るっていう思いがある。島と同じような環境を東京に来ても望んでいて、自分の周りの素敵な人たちと一緒にいて、自分の夢に向かって頑張ろうとしている。自分も映画監督になれると思って広島から上京してきて、映像学校に入ったのですが、みんな俺と同じで映画監督になりたくて真っ直ぐな気持ちを持って入ってきた人たちだろうと思ったら、そんな人はほとんどいなかった。頑張らなければいけないと思ってる人なんかほとんどいないと思ったときの寂しさといったら、なんだ俺と同じじゃなかったのかと思って。そういう現実にぶちあたったときにとても寂しかったんで

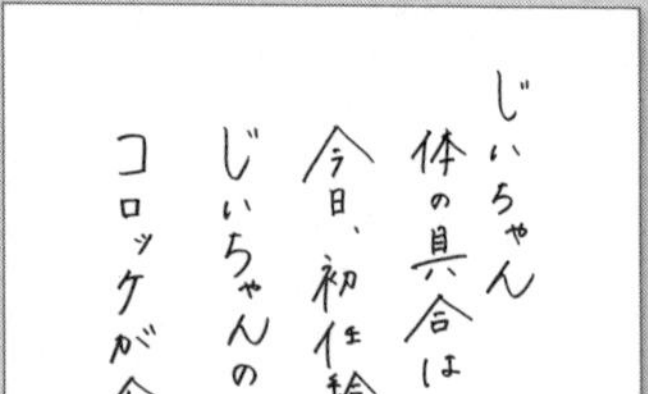
体の具合はどうら?
今日、初任給が出たすけ送るね。
じいちゃんの作った
コロッケが食べてぇ

すけど、でもそう言いながら、ある種もしかしたら大平さんは仲間なのかも。

大平：ずっとボクは仲間だと思ってましたよ（笑）。

遊川：そういうものへの憧れはボクのなかにもある。サクラほどではないけど。いらねえよと思いながらも、どこか渇望しているのが人間なんだろうし、生きていくのに力になるのは仲間だと思う。サクラもどこかわかってるんじゃないでしょうかね。島で350人のエネルギーをいただいて生きてきた人間が、東京でもエネルギーがほしかったからこそ、つまり自分のためだからこそ、仲間がほしいと思ったのかもしれないし、それを当然だと思っている純粋培養性もあるというか。他の感情は持ってきていないので、東京でいろいろ言われて、あぁそうなんだ！　っていうとまどいが最初の展開。いろんなものが欠落してるっていうか。いじめとかも知らないし、そういうことも含めて、純粋すぎるというか、逆に言うと何もできない人間。

大平：6話はサクラが少し弱っていくんですよね。

遊川：そして7話で島に行くことになる。自分の夢をつぶすかつぶさないかっていう選択を自分に課せられる、非常に過酷な運命を背負わされて、予想はできますが、彼女は自分の夢をつぶすほうを選択する。非常に過酷な運命ですが、同時にじいちゃんも死んでしまいます。ひどいことを書いてるなって思われるかもしれないですが、彼女は絶望に

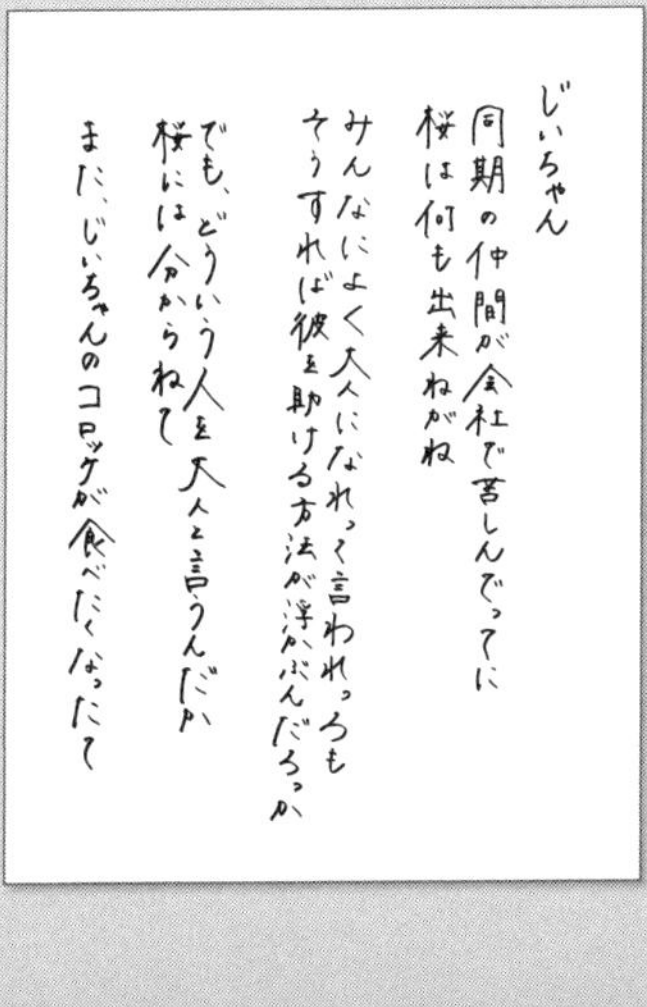
じいちゃん
同期の仲間が会社で苦しんでってに
桜は何も出来ねがね
みんなによく大人になれって言われっろも
そうすれば彼を助ける方法が浮かぶんだろっか
でも、どういう人を大人と言うんだか
桜には分からねて
また、じいちゃんのコロッケが食べたくなったて

突き落とされる。8話は絶望しているサクラをどうやって再生させるかっていう話。まっすぐ生きようとする人間に、過酷な運命が訪れる。自分もある種まっすぐ生きようとして、サクラほどではないけど過酷な運命を味わってきたもんですから、そういうものを表現したい。サクラ自身が初めて自分の弱さみたいなものを知る。純粋すぎるがゆえに絶望が深いのでなかなか立ち直れないんです。

大平：9話と10話はサクラがどうやって立ち直るか、どうやって元のサクラに戻るかというのと、黒川との対決に、どう立ち向かうかという展開です。

遊川：新しいサクラにならざるをえないと思うんですよ。NEW サクラとは何ぞや!?　と。30歳を過ぎて、このあと、20年、30年を生きていくうえで、どう生きるかということですよね。

大平：自分の生き方を決めるということですね。

遊川：5話までは同期たち、6話以降はサクラの物語です。サクラがどうするか。これまでは人を助けてきたサクラが、自分がいちばん辛いときに助けられることとか、そういうことを通して学んでいく。ボクはそうなんだけど、人間ってのはどこか傲慢になったりする。自分が頑張っていればなんとかなるみたいな気持ちになるんですけど、そんなわけにはいかない。逆に助けてもらうというか、妻に優しくしてもらうというか。

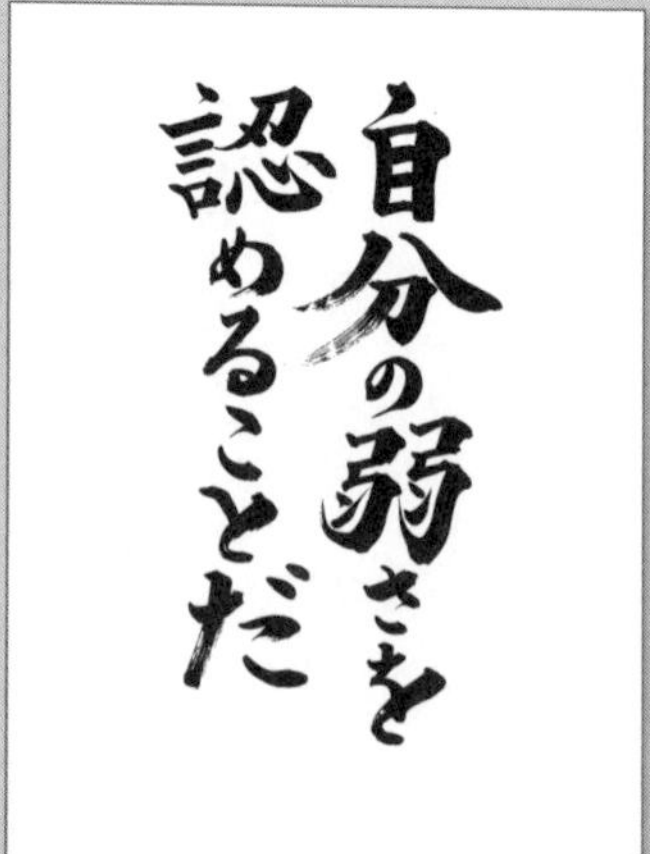

大平：うんうん。
遊川：妻のありがたさで自分は頑張っているんだなと思う。だから妻にも最近優しくなったと言われます。成長したと思うんですけど。
大平：奥さんに対してですか？　でも、昔から優しいですよね。
遊川：最初は気を使っていて、何とかこの人の機嫌をとろうとして生きてきたけど、最近はそれが自然になった。人間の成長って、どこでするかわからないし、面白いもんだなと思います。

I Have a Dream！

遊川：それにしても今回は難しかった。最初から、書ききれるかどうかと思っていました。自信がなくなるくらい難しかったので。
大平：こんなに、難しい難しいっておっしゃっていたのは初めてですよね。最初は、「いいこと思いついちゃったよ」って言われたんですよね。
遊川：ノルウェーのオスロにノーベル賞博物館っていうのがあるんですよ。そこでキング牧師の特集をやっていて「I Have a Dream！」とか言ってるわけですよ。これは使えるな！　と思って。「私には夢があります」って言えばいいんだ！　と思って。
大平：それはすごい！
遊川：このシーンが見たいと思ったんですよ。「私には夢があります」っ

て言うシーン。ここに来てよかったと思いました。力強い言葉を言う、人に感動を与えられる人間なんですよ、サクラは。感動というのは心が動くということだから。人の感情を動かせる人間なんだ、と思った瞬間です。最初はそこからでした。じゃあこの人がどうやって人を助けるというか。普通のヒロインになってほしくないんです。そうじゃなくて、仕事の一環として助けるという。あくまで仕事をしているだけで、だから最初は単に残業を減らしてくれって言ってるだけだったりする。主人公が動くようで動かないんで難しい。6話あたりから面白くなってきた。5話まででミッション完了して、次からサクラの話になったときに主人公が動く感じが出てきたんで、やっとドラマとして今までの感じになってきた。それまでは毎回毎回考えるのは大変だし、1年ごとの設定なので、なんで1年ごとの設定にしちゃったかなぁって思いながら（笑）。いちいちみんながどうなったか考えなきゃいけないなとか言いながらやっていたので、これは大変だ！　という日々でした。

大平：1年1話にしようと言ったのは遊川さんですもんね。それくらいのスパンが必要だよと。最初、ボクは2019年からの10年を描くものだとばかり思っていた。いろいろ想像しながらできるじゃないですか。AIが人間社会に入り込んでいくのかを考えながら作るのって面白そうとか。だけど、過去10年、ボクたちがこれまでどんな10年を歩んできたのかっていうのを振り返って、これからの10年を考えるのがい

辛い時こそ、自分の長所を見失うな

いんじゃない？　って聞いた時は、大変そうだけど、そっちのほうが面白いな。そっちのほうが絶対いい！　と。

遊川：未来のほうが無謀ですよ。２０２３年と言われても感情移入できないから。

大平：このドラマの10年間の描き方は、みんなで考えましたよね。例えば、やんちゃしていた隣人が、子供が生まれて……とかがいちばんわかりやすいので、それをやりましょうと採用したり、サクラの部屋の植木鉢は「レオン」ですかね。レオンが毎朝、木（アグラオネマ）を出す。

遊川：レオンの象徴ですよね。鉢植えは根が張っていない根無し草。そういう意味ではサクラも東京に来たばかりの根無し草なので。

大平：同期のみんなが花の名前なのも遊川さんのアイディアで、それだけだと思ったら、実は名字も意味があって、北野桜は北極星だし、月村百合は月。土星、水星、みんななぞらえてるって聞いて。

遊川：黒川はブラックホールです。花の名前は花言葉で意味を調べました。

大平：最初に遊川さんが、主人公の名前は「サクラ」って聞いて、「同期のサクラ」になるだろうって聞いた時は、いいタイトルですねと言ったんだけど、若い人に聞いたら軍歌を知らなくて、高畑充希ちゃんも知らなくて「全然ピンとこないんですけど」って言われて、3話で百合のお父さんがカラオケで歌っていたけど、3話に入っていてうれしかった。

誰も気がついてくれなかったです。散ってまた咲く。他の花は枯れるじゃないですか。だからサクラは枯れないから。サクラはぴったりだなと思って。

遊川：サクラは枯れないから。サクラはぴったりだなと思って。

大平：10月ドラマなのに、サクラってどうかなぁって言っていたけどね。主題歌についても、勝手にボクが、この企画を聞いたときに、あの「さくら（独唱）」が流れたら泣けるんじゃないかなと思って、まさかやっていただけるとは思わなかった。しかも歌い直していただけた。遊川さんも、「いいんじゃないの？」って言ってくれて。

遊川：名曲ですよね。

アナログな感じがいいんです

大平：ファックスでのやりとりですが、あれはボクの娘が「最近おばあちゃんとファックスできないのが寂しい」っていう話をしていて、そんな話を遊川さんにしたら反映してくれた。だけど大変です、撮影が（笑）。セットの横で実際に送るんです。タイムラグがあるし大変なんですけど。

遊川：あのアナログな感じがいいんですよね。

大平：メールじゃだめなんですよね。あと、残るんですよね。じいちゃんもサクラのファックスをずっととっていたっていうエピソードも出

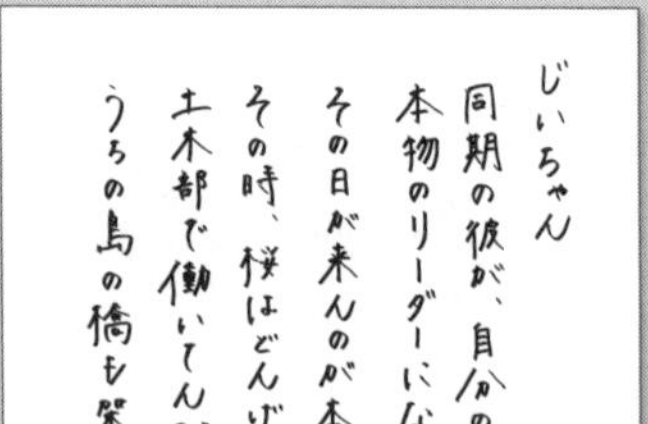
じいちゃん
同期の彼が、自分の価値に気づいて
本物のリーダーになる決心をしてくれたて。
その日が来んのが本当に楽しみだてぇ。
その時、桜はどんげなってんだろっか？
土木部で働いてんだろっか？
うちの島の橋も架かってんだろっか？

てくる。それがいいなぁと思って。ボクも娘の手紙とか捨てられないです。昔は遊川さんの原稿もファックスだった。我が家にもファックスはあったんですけど、もう固定電話だけ。

遊川：うちはありますよ。こうやって人間の心はどんどん……。俺は時代の流れに逆らって頑張ってます。ちなみにサクラはファックス毎日送っている。それに対してじいちゃんはマメな人ではないのでサクラほどは送らない。

大平：問題が起こった時に察知して、元気づけるために名言とか送ってくる。

遊川：あとは「元気だ」、「心配ない」とか。

大平：「米送ったぞ」といったものを。米といえば、必ず大盛り。「働くためには食べなきゃいけない」っていう台詞がありますけど、すべては働くため。よく寝るのも、一日中、精一杯働いたから布団に入ったら即寝。それはエネルギーを昼間に使い果たしているっていう意味ですよね。よく寝てよく食べることが、働くための絶対条件っていうのがサクラの心情。それが6話から大盛りじゃないんです。それがサクラが弱ったという表現。設定が新潟県の架空の島だけど、粟島《あわしま》っていう人口350人の島をモデルにした。そこは、じゃがいもが名産で、もちろんお米も。炭水化物を食べて、スクワットをしているという。

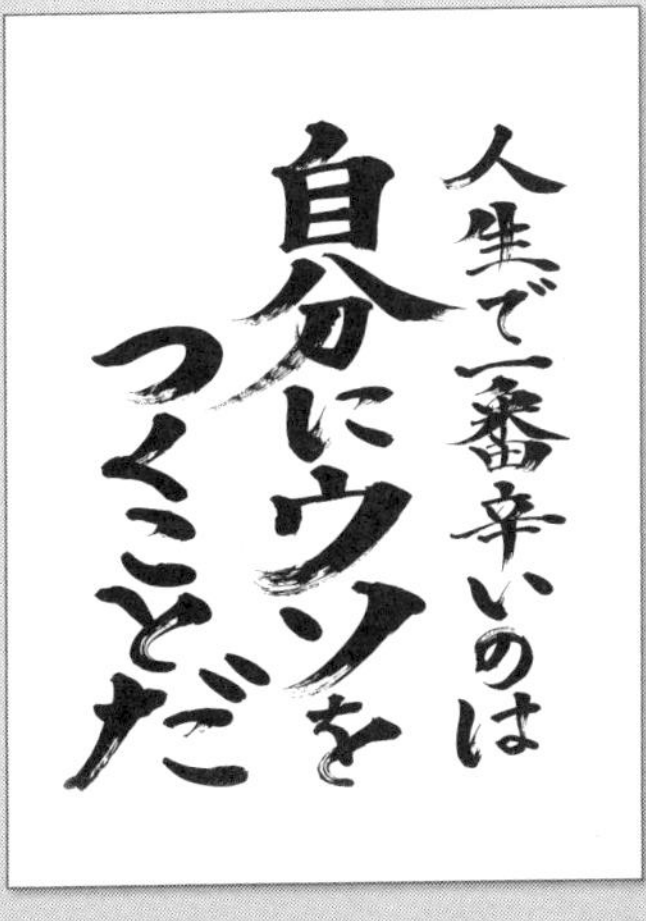

この5人に関しては特別

遊川：サクラが建物が好きになったのは、逆に島に大きな建物がなかったから。修学旅行とかで本土へ旅行に行ったんだと思うんです。東京とかで建築物を見て、こんなに素晴らしいものが世界中にあるんだとか言って、勉強家だから資料とかほしくなっていく。そこからどんどん加速して、どんどん空想が広がっていって、「私は早く東京に行って建物をつくりたい」とじいちゃんに言って、じいちゃんは心配で島にいさせたかったんじゃないかな。この子は東京に行ったらきっと大変な目にあうだろうと思ったけど、夢見る少女の夢をつぶすわけにはいかないから、じゃあ行けって言って送り出した。あまりにもまっすぐで、島以外の世界はすごいところだという憧れ、私もその中で頑張ってみたいって。

大平：最初、遊川さんが「ディズニーの主人公みたいな感じ」って言っていた。

遊川：ディズニーの主人公って、最初はこもっていて、外の世界に憧れが多くて、外に出たら王子様と出会ってみたいとか、純粋で育った人間が外の世界に行って大人になるという成長がある。仕事を軸にしたのは、リアルに働く人が見ていて勇気づけられるような。そういう感じにしたいなぁと思ったんです。

じいちゃん
ごめん。
桜はウソをついていたて。
実は一年前から子会社に出向になり
もしかしたらもう
本社にも戻れねかもしんねんだて。
でも、もう元気になったっけ安心せえて。
お母さん みてな人が
私の味方になってくれたっけ。

大平：お仕事ドラマというと、黒川さんが毎回本を読んでいるのも、あれも経年のベストセラーにしていますよね。

遊川：その年のベストセラーを読んでいる。黒川さんは計略家なので、色んな情報を得ることでもあるし、1話で社長をとりなすけど、人海戦術にも長《た》けていて、だから逆にいえば、正体を見せたくないのが彼の正体。自分もそういうところがあるので、そんなに簡単にわかられたくない、というのもある。でも、だからこそ、サクラみたいな人にインパクトを感じるんじゃないかな。わかっちゃうとつまんないというか。サクラは、普通なら受かっていないんで。ある種、運命の出会い。1話でサクラが社長に意見したときも、予想以上にやるなぁと思っただろうし、いきなりやるか！　みたいに思ったかも。彼は予測していたから、「いいねぇ」と出てきたのもあるだろうし、保護者といえば保護者。だから最後は、親と子の対決というのもある。

大平：サクラの異動も黒川の意図だと思いますし。

遊川：試しているんだと思います。のぼってくるだろうと。よこしまな黒川としては、実験的な考え方もある。観察するとしたら、サクラはいちばん面白い人間かと。だから最後にもう一回うちへ来ないかと言えるんじゃないかと思う。

大平：すみれさんはというと、昔サクラみたいな人間だったんですよね。そういうふうに生きていたら立ち行かないというのを経験してい

るから、「あんた、そのままじゃだめだよ」という意味で苦言を呈するというか……。

遊川：きびしいお姉ちゃんみたいな感じ。だけど、どこか自分ができなかったことをやろうとしているサクラに感情移入するけど、自分の生活もいっぱいいっぱいで、困らせないでほしいという思いが強い。だけどこんな自分だからこそ、この子を守ってやらなきゃいけない、と。夢を断った人間が、夢を繋ごうとしている人間を守ってやろうっていうのは、素敵な話だなぁと思っています。

大平：あと、遊川さんとよく話すのは、同期たちは1年間でどれくらいの頻度で会ってるのかというのがある。ボクもそうなんだけど、そんなに会わないですよ。毎週のように会ったりはしないけど、1年に1回会えばあの頃の関係に戻れるみたいな、しかもこの5人に関しては特別じゃないですか。だからこれまでのことも共有してるし、たとえ1年ぶりだろうが、お互いのことを心配しあったりとか、そういう関係になっている。これからはサクラのためにどう動くのか、そして、それぞれもサクラによって変わったからこそ新たな問題も生じる。それをどうしていくかが、最終回に向けての見どころかと思います。サクラも答えを出すけど、同期の4人もこれからの10年、20年をどう生きていくかっていう答えを出していく。百合は子供もいるわけだから。どうなっていくかは9、10話の見どころです。

遊川和彦（ゆかわ かずひこ）／脚本家・監督

1955年、東京都生まれ。小学1年から広島県大竹市で育ち、私立修道高校、広島大学政経学部を卒業。大学卒業後、テレビ番組制作会社に勤務。連続テレビドラマの脚本家デビューは1987年『オヨビでない奴！』(TBS系)。代表作に、『ママハハ・ブギ』（TBS系)、『真昼の月』（TBS系)、『GTO』（関西テレビ系)、『女王の教室』（日本テレビ系)、『家政婦のミタ』（日本テレビ系)、『純と愛』（NHK連続テレビ小説)、『過保護のカホコ』（日本テレビ系)、『ハケン占い師アタル』（テレビ朝日系）など多数。『ハケン～』では脚本と演出もつとめ、初の監督・脚本作品となる映画『恋妻家宮本』が2017年に公開され話題に。

大平太（おおひら ふとし）／ドラマプロデューサー

1990年に日本テレビに入社。1994年『家なき子』（以下すべて日本テレビ系）よりドラマディレクターに。2000年には遊川氏が企画プロデュースとして参加した『平成夫婦茶碗～ドケチの花道～』で、氏とは初のタッグを組む。この作品からプロデューサーに。『女王の教室』『曲げられない女』『リバウンド』『家政婦のミタ』『○○妻』『偽装の夫婦』など、遊川氏脚本の作品を多数プロデュース。2012年には、『家政婦のミタ』で国際ドラマフェスティバルの東京ドラマアウォードのプロデュース賞を受賞したほか、エランドール賞のプロデューサー賞を受賞した。

CAST

北野 桜　高畑 充希

月村 百合　橋本 愛
木島 葵　新田 真剣佑
清水 菊夫　竜星 涼
土井 蓮太郎　岡山 天音
北野 柊作　津嘉山 正種
脇田 草真　草川 拓弥
中村 小梅　大野 いと

火野 すみれ　相武 紗季

黒川 森雄　椎名 桔平

STAFF

脚本　遊川 和彦
音楽　平井 真美子
チーフプロデューサー　西 憲彦
プロデューサー　大平 太、田上 リサ
演出　明石 広人、南雲 聖一、日暮 謙
制作協力　AX-ON
製作著作　日本テレビ

BOOK STAFF

原案　遊川 和彦

執筆　百瀬 しのぶ

編集　山田 洋子（オフィスカンノン）

デザイン　カワチコーシ（HONA DESIGN）

出版プロデュース　将口 真明、飯田 和弘（日本テレビ）

同期《どうき》のサクラ　私《わたし》たちの10年《ねん》の物語《ものがたり》
彼女《かのじょ》が教《おし》えてくれたこと

令和元年12月15日　初版第1刷発行

発行者　辻　浩明

発行所　祥伝社

〒101-8701　東京都千代田区神田神保町3-3

☎03(3265)2081（販売部）

☎03(3265)1084（編集部）

☎03(3265)3622（業務部）

印　刷　堀内印刷

製　本　ナショナル製本

ISBN978-4-396-61714-1　C0095

Printed in Japan　

祥伝社のホームページ www.shodensha.co.jp